Hermann Cardauns

Alte Geschichten vom Rhein

(Großdruck)

Hermann Cardauns: Alte Geschichten vom Rhein (Großdruck)

Erstdruck: Kevelaer, Butzon und Bercker, 1901 unter dem Pseudonym »Heinrich Kerner«

Neuausgabe
Herausgegeben von Theodor Borken
Berlin 2019

Der Text dieser Ausgabe wurde behutsam an die neue deutsche Rechtschreibung angepasst.

Umschlaggestaltung von Thomas Schultz-Overhage unter Verwendung des Bildes: Ruine von Burg Drachenfels, zwischen 1890 und 1900

Gesetzt aus der Minion Pro, 16 pt, in lesefreundlichem Großdruck

ISBN 978-3-8478-3975-0

Die Deutsche Nationalbibliothek verzeichnet diese Publikation in der Deutschen Nationalbibliografie; detaillierte bibliografische Daten sind im Internet über www.dnb.de abrufbar.

Henricus Edition Deutsche Klassik UG (haftungsbeschränkt), Berlin
Herstellung: BoD – Books on Demand, Norderstedt

Inhalt

Der Burggraf von Drachenfels

Wir saßen alle zusammen seit drei Wochen in Königswinter, nämlich die Frau Professor mit ihren vier Töchtern, mein Verleger, meine Wenigkeit und einige andere Herren und Damen, auf die es nicht weiter ankommt, und gebrauchten die Traubenkur, das heißt, wir fuhren, ritten und gingen spazieren und aßen Trauben, wenn sie uns schmeckten. Es war ein schöner Herbst mit durchsichtiger Luft und windstillen, sonnenwarmen Tagen, und je länger, desto deutlicher sah ich ein, dass meine Frau wieder einmal recht gehabt hatte, als sie zu mir sagte: »Mach, dass du fortkommst.« Ich war nämlich etwas nervös gewesen, schlug im Schlafe um mich und hielt Reden, so dass sie Angst bekam, ich möchte schließlich an die Gespenster glauben, die ich im Traume sah. Jetzt war das anders; ich schlief wie ein Murmeltier, und das Träumen kam mir nur noch, wenn ich abends Rotwein trank; denn der geht ins Blut, schon wenn er rein ist, und im entgegengesetzten Falle erst recht.

Eines Tages blieb der Nebel liegen, der sonst regelmäßig vor der steigenden Sonne wich, und zwar so gründlich, dass man keine zwanzig Schritte weit sehen konnte. Nun besitzt Königswinter bei schlechtem Wetter außer einem halben Hundert Wirtshäuser, der Zahnradbahn, den Reiteseln und einer Statue der Germania nur eine einzige Sehenswürdigkeit: die Dampfschiffe, deren Ankunft von den Kurgästen mit der Uhr in der Hand kontrolliert wird – und dass die entweder gar nicht oder mit sechs Stunden Verspätung kamen, konnte man ihnen nicht übelnehmen.

Als wir uns, jeder für sich und alle einander, bis vier Uhr nachmittags gelangweilt hatten, kam mir der tolle Gedanke, einen Ausflug auf dem Drachenfels vorzuschlagen. »Vielleicht ist das Wetter besser«, fügte ich spöttisch bei. Aber Leuten, die sich langweilen, darfst du alles vorschlagen: Sie tun's, wenn es nur etwas

Neues ist. Eine Viertelstunde darauf waren wir also auf dem Wege zur Eselsstation; denn die Bergbahn hatte aus Verdruss über den schlechten Tag ihre Fahrten eingestellt.

Jetzt begann meine Strafe. Die Professorin, eine Dame von ebenso viel Geist als Korpulenz, sah ruhig zu, wie die Gesellschaft sich beritten machte, hängte sich dann an meinen Arm und erklärte kaltblütig, sie werde gehen – ob aus Sparsamkeit oder um mager zu werden, wage ich nicht zu entscheiden. Ich konnte leider nicht nein sagen; aber noch bevor der letzte Eselsschwanz im Nebel verschwunden war, ahnte ich schon die Schwierigkeit meiner Aufgabe. Mit Ach und Krach brachte ich meine Begleiterin hinauf, bis sie gegenüber der neuen Drachenburg – vermutlich wenigstens, denn man sah keinen Stein davon – auf einer Bank strandete. Mit Hilfe eines von oben zurückkehrenden Grauschimmels machte ich sie flott. Ich durfte nebenher traben und zur Entschädigung eine Vorlesung über Spiritismus und Geistererscheinungen anhören.

Als wir nicht mehr weit vom Gipfel waren, schimmerte es hell durch die Dünste – noch einige Schritte, und wir standen in blendendem Sonnenlicht unter tiefblauem Himmel. Auf der Terrasse empfing uns ein donnerndes Hoch und eine wohlgesetzte Rede auf den Wetterpropheten, der die Depeschen der Seewarte entbehrlich mache. In bester Stimmung wurden die sämtlichen Merkwürdigkeiten besichtigt: Wirtshaus und Atelier für Fotografie, Denkmal und Bierhalle, die Ruine, die über das Nebelmeer emporragenden Bergspitzen und die Richtung, in welcher man den Kölner Dom gesehen haben würde, wenn er sichtbar gewesen wäre. Daran schloss sich ein dunstiger Sonnenuntergang und eine längere Sitzung hinter Bowle und Flasche, bei welcher es etwas ausgelassen herging. »Doktor, Sie trinken wieder Rotwein«, warnte mich der Verleger, den Finger aufhebend; aber ich lachte ihn aus.

In dem allgemeinen Leichtsinn dachte kein Mensch daran, wie wir eigentlich wieder hinunterkommen sollten. Erst als einige Damen ihre Mäntel und einige Herren ihre Zylinder verwechselt hatten, fiel es mir schwer aufs Herz, dass mir voraussichtlich wieder der Transport der Professorin zufallen werde, und dass die Schlepperei zu Tal im Dunklen noch schwieriger sich gestalten könne als die Bergfahrt. Über meine eigene Steuerfähigkeit war ich zwar ruhig – Rotwein geht ja nur ins Blut – aber mit dieser Ladung musste ich den Kurs verlieren. Die Verantwortlichkeit war mir zu groß, und ich beschloss, so lange unsichtbar zu werden, bis ein anderer Bugsierdampfer sich gefunden hätte. Um meiner Sache ganz sicher zu sein, eilte ich sofort die wenigen Schritte zur Ruine hinauf.

Auf der höchsten Spitze des Berges steht über einem Steinbruch der Rest eines mächtigen, viereckigen Turmes, das in Millionen von Bildern verbreitete Wahrzeichen des Siebengebirges. Vor fünfzig oder sechzig Jahren haben die braven Steinmetzen von Königswinter hier so fleißig gewirtschaftet, dass eines schönen Tages die Felswand mit der Hälfte des Turmes herunter kam. Jetzt stehen nur noch zwei Turmwände, einen engen Raum umschließend, vor welchem der Steinbruch lotrecht abstürzt. Wer hinein will, muss an einem glatten Felsen und an den unbehauenen Turmquadern zu einem Fenster emporklettern. Früher hatte ich diese Turnübung oft gemacht, aber an jenem Abend muss ich besonders unternehmend gewesen sein, sonst hätte ich schwerlich riskiert, das nicht ganz leichte Kletterstückchen im Dunkeln zu wiederholen. Aber es gelang. Drinnen legte ich mich flach auf den Boden, schob mich bis an die Kante vor und hörte mit boshaftem Vergnügen zu, wie in allen Tonarten vom Bass bis zur Fistel mein Name gerufen wurde. »Er wird schon vorausgegangen sein«, sagte schließlich mein Verleger. »Frau Professorin, darf ich Ihnen meinen Arm anbieten? Bitte, stützen Sie sich fest; der Weg ist schlecht.« Dann hörte ich einen Schrei, ein unbestimmtes Geräusch, als ob ein schwerer Körper zur Erde schlage, halb unterdrücktes Gelächter, und die Stimmen verloren sich in der Ferne.

Nur noch ein paar Minuten wollte ich warten, um der Gesellschaft auf einem Fußpfad zuvorzukommen und sie dann mit meinem unschuldigsten Gesicht im Hotel zu empfangen. Aber ich zauderte immer wieder; denn das Schauspiel war zu schön. Der Nebel hatte sich ein wenig gesenkt, so dass die schroffen Zacken an der Südseite des Berges wie Türme daraus hervorragten. Noch ruhen die Dunstmassen unbeweglich. Der Mond geht auf, vollkommen klar, sobald er über den weißen Rand emportaucht, und übergießt mit geisterhaftem Licht die seeähnliche Fläche, auf welche die Felshörner schwarze Schatten werfen. Jetzt kommt ein leichter Luftzug von Norden her, und der glänzende See zu meinen Füßen gerät in sanfte Bewegung; ein Windstoß und noch einer – es wallt und wogt, es ballt sich und stiebt in Fetzen auseinander; durch einen breiten Riss schimmert der Rhein, im nächsten Augenblick wieder verschwindend. Wie Riesenschleier schwebt es zu mir herauf, es verhüllt den Turm, es geht und kommt zurück; wiederum setzte der Wind ein und wirbelt mit triumphierendem Sausen die lustigen Gebilde durcheinander. Nun lässt er nach, hier und da noch ein Stoß, endlich nur noch ein sanftes Lüftchen, und die zerrissenen Nebelstreifen beginnen sich von Neuem zu ballen.

Eine schneeweiße Wolke schwimmt langsam an mir vorbei. Was ist das? Hätte mir nicht heute Nachmittag die Frau Professor so überzeugend vordemonstriert, dass es keine Geister gebe, noch geben könne, ich wäre überzeugt, ein menschlicher Kopf habe aus der Wolke hervorgeschaut. Aber das kann ja nicht sein! Und doch – da ist er schon wieder! Ein zweiter, ein dritter, die Umrisse werden schärfer, Rumpf und Glieder tauchen auf, und jetzt tanzen sie zu Dutzenden auf der Wolke herum: Riesen und Zwerge und Wasserjungfern und Kobolde, die ganze wunderliche Gesellschaft, mit welcher die Fantasie unserer Vorfahren das Naturreich bevölkerte. Wenn das doch die Gebrüder Grimm sehen könnten! Das Herz im Leibe würde ihnen lachen. Mir freilich wird die Sache unbehaglich, und ich trete den Rückzug an. Ich strecke schon den Kopf durch das Turmfenster; aber siehe da, das ganze Plateau wimmelt von bunten Gestalten: Ritter und Edelfrauen, Knappen, Trotzbuben, Mägde, Fußknechte und Reiter, ein Stück Mittelalter, wie es im Buche steht. Ich bin Altertümler genug, um zu sehen, dass die gespenstischen Herrschaften aus verschiedenen Jahrhunderten stammen; aber sie tun ganz bekannt miteinander, und als ich genau zuhöre, sprechen sie alle das schönste Hochdeutsch, bis auf einige Mönche, die untereinander Latein reden.

Gerade unter mir saß eine Gruppe Landsknechte. »Schon wieder der 16. Oktober«, begann der eine und gähnte ganz natürlich; »nun sind es fast vierhundert Jahre, dass wir auf den Tag umgehen müssen, weil der Drachenfelser Heinrich seinen Ohm erschlagen.«

»Soll mich wundern, wann er endlich Ruh im Grabe kriegt«, sagte sein Nachbar. »Der Wolkenburger hat einmal geredet, erst müsse ein lebendig Menschenkind darüber kommen und die ganze Geschichte aufschreiben, dann gehe er zur ewigen Ruhe ein. Es ist ein sonderbar Ding mit ihm. Begraben haben sie ihn in Heisterbach, das steht fest; aber der Grabstein steht seit Menschengedenken an der Kirche zu Röhndorf, und Gott allein weiß, wo sein sündiges Gebein modert und wandert. Ich will seiner armen Seele schon den Frieden gönnen und uns auch.«

»Das will ich meinen«, stimmte der erste zu; »das Umgehen wird mir immer mehr zuwider. Alles ist anders in der Welt geworden, und im Ganzen lobe ich mir doch die alte Zeit; da wusste man wenigstens, woran man war. Ein Glück ist es, dass wir durch die Luft reisen können, sonst hätt' ich wahrhaftig den Weg nicht mehr gefunden. Heute hab ich versucht, aus alter Gewohnheit zu Fuß zu gehen, aber es ging nicht. Zuerst fiel ich drunten bei Königswinter in einen offenen Keller, darin soll nur reiner Wein gelegt werden – muss wohl heutigen Tages nötig sein, dass man es extra dabei sagt –, und hätte mir alle Knochen gebrochen, wenn ich welche gehabt hätte. Wie ich dann den Berg hinauf spazierte, habe ich mich total verlaufen an der neuen Drachenburg; denn da ist alles herumgedreht, und man kennt sich nicht mehr aus vor lauter Wegen. Und jetzt sitze ich schon zehn Minuten hier, und der Wolkenburger ist noch nicht da. Es ist schon längst Mitternacht.«

»Jawohl, unten im Flecken; aber er richtet sich nach der Uhr auf der Drachenburg, weil er vom Adel ist, und die geht immer nach. Horch. Da schlägt es.«

Von der Drachenburg klang es hell durch die Nacht. Beim zwölften Schlage sauste etwas an meiner Nase vorbei; mitten unter den Geistern, die Vorderhufe hart an die Kante des Altans gestemmt, der neben dem Turm über dem Abgrund hängt, stand ein schwarzes Ross; darauf sich ein Ritter mit rotem Haar und kühnem, aber nicht unfreundlichem Gesicht. Ich war so erschreckt, dass ich niesen musste. Er schaute zu meinem Fenster hinauf und rief: »Holla, wen haben wir denn dort?«

Im nächsten Augenblick war die ganze Gesellschaft bei mir im Turm. Wie sie so geschwinde herein konnten, war mir unbegreiflich; nun, dafür waren es ja auch Geister. Von allen Seiten drängten sie auf mich ein, und wenn ich sie mir mit einem Hieb vom Leibe halten wollte, so schlug ich in die leere Luft, worüber sie große Freude hatten.

»Halt!«, rief der rote Ritter. »Wer seid Ihr, Mann, und was habt Ihr hier zu schaffen?«

»Ich bin ganz von ungefähr in den Turm geraten, Herr Rutger von Wolkenburg«, sagte ich, denn ich hatte ihn auf den ersten Blick erkannt. »Wenn Ihr es wünscht, kann ich gleich wieder gehen. Indessen – wenn Ihr hört, wer ich bin, erlaubt Ihr mir vielleicht zu bleiben.«

Damit gab ich ihm meine Visitenkarte. Er sah ein wenig verdutzt aus, offenbar weil ihm diese Art der Vorstellung neu war; sobald er aber meinen Namen gelesen hatte, wurde er sehr höflich. »So, so, Herr Kerner«, sagte er; »freut mich, in der Tat. Also wirklich derselbe Herr, der mich voriges Jahr in der Zeitung abkonterfeite? Zwar ist nicht alles genau so passiert, wie Sie geschrieben haben, aber es hätte doch ungefähr so passieren können. Was mich betrifft, so haben Sie mich eher zu gut als zu schlecht gemalt, und dafür bin ich Ihnen dankbar. Willkommen auf Drachenfels. Ich bedauere nur, dass ich Ihnen keinen Stuhl anbieten kann; das Schloss ist ein bisschen außer Stand geraten.«

»Hat gar nichts auf sich«, entgegnete ich. »Also Sie gestatten, dass ich bleibe? Und – und die andern Herren Geister –?«

»Dass keiner von Euch sich untersteht!«, rief Rutger drohend. »Wer dem Herrn etwas tut, den blase ich über den Petersberg, und außerdem kommt er in die Zeitung.«

Ich weiß nicht, ob die erste oder die zweite Drohung die wirksamste war; Tatsache ist, das die sämtlichen Gespenster je nach Rang und Stand mehr oder minder tief sich verbeugten und mich von da an mit dem größten Respekt behandelten.

»Gut, dass Sie gerade heute gekommen sind«, begann er wieder. »Nun, hoffe ich, wird der Fluch hinweggenommen werden, der uns jährlich an dieser Stätte bannt.«

»Burggraf Heinrich ...«, warf ich dazwischen.

»Ah, Sie wissen es schon?«, rief er freudig. »Dann brauche ich Ihnen nichts weiter zu sagen. Und nun geben Sie acht.«

Er legte mir beide Hände auf die Schultern und hauchte mich an. Ein sonderbares Gefühl durchrieselte mich vom Scheitel bis in die Zehen. Beschreiben kann ich es nicht; ich kann nur sagen, dass mir plötzlich ganz leicht zumute wurde, so ähnlich, wie manchmal im Schlafe, wenn ich träume, ich könnte fliegen. Ohne dass ich es wollte, lösten sich meine Füße vom Boden, und ich schwebte frei in die Luft. Rechts und links sah ich die Geister fliegen; keiner von ihnen sprach, nur nickten mir einige zu, als wollten sie sagen: Jetzt gehörst du zu uns.

Die Situation war mir begreiflicherweise sehr ungewohnt; aber, darüber zu staunen oder gar zu erschrecken, hatte ich keine Zeit, weil ich zu viel zu sehen hatte. Alles war verändert. Es war heller Tag. Die Dörfer und Städtchen am Rhein hatten Mauern und Türme bekommen, auf der Löwenburg, dem Rolandseck und der Wolkenburg, die ein gutes Stück höher geworden war, ragten stattliche Schlösser, und fern am Horizont stand deutlich der Dom; aber man sah nur das Chor und den einen Turm mit dem Krahnen, gerade wie ich ihn als Junge so oft gesehen hatte. An den Bergen reichten die Wälder tiefer hinunter, auch in der Ebene sah man hin und wieder ausgedehnte Haine; über das Siebengebirge war ein einziger grüner Mantel gebreitet, und auch oben am Drachenfels standen knorrige Sträucher und einzelne alte Eichen, wo jetzt der kahle Steinbruch gähnt. Der Turm hatte wieder seine vier Wände und ein spitzes Dach, auf dem eine Fahne flatterte; daneben stand ein massives Burghaus; eine halbkreisförmige Mauer umschloss den kleinen Burghof nach Osten, und weiter unten sah man noch zwei starke Mauerringe mit runden Türmen.

Es wird mir schwer, dem Leser eine Vorstellung davon zu verschaffen, in welcher Weise alles das, was ich jetzt erzählen will, in wechselnden Bildern sich abspielte. Ich kann eigentlich nicht sagen, dass ich es sah und hörte: Ich habe es erlebt, nicht gebunden an die Schranken von Raum und Zeit. Alle diese Leute, die sich vor mir bewegten, waren mir bekannt, als sei ich seit Jahren ihr Hausgenosse gewesen; ich wunderte mich nicht, wenn plötzlich der Schauplatz sich änderte, Jahre waren mir wie Minuten, und feste Mauern boten mir kein Hindernis. Weder der Jagdhund, der dicht neben mir schläfrig blinzelnd im Hofe lag, noch die Landsknechte, deren Spieß ich mit der Hand hätte berühren können,

11

nahmen von mir die geringste Notiz. Ungesehen, mit unhörbarem Tritt wanderte ich über den Hof, durch Ställe und Kammern, die Treppen hinauf zu dem großen Saal mit der Altane, auf der soeben noch das Ross Rutgers von Wolkenburg gestanden hatte.

Auf dem Altan saß eine Frau von hohem Wuchs in der geschmackvollen Tracht, wie die Edeldamen des fünfzehnten Jahrhunderts sie trugen. Sie hatte ein schönes edles Gesicht; aber die Wangen waren bleich und die blauen Augen trübe. Emsig arbeitete sie an einer feinen Stickerei; in langen Zwischenräumen schaute sie auf und blickte hinunter in den blitzenden Strom. Niemand sagte es mir, aber ich wusste, dass es die Burggräfin Agnes war, und der blühende Mann, der zu ihr trat, der Burggraf Heinrich.

Sie war aufgestanden und begrüßte ihn. Er winkte ihr ungeduldig, sitzen zu bleiben. Mehr denn einmal sah sie schüchtern zu ihm empor, während er wortlos, mit verschränkten Armen, an der Brüstung lehnte; doch immer wieder senkten sich die traurigen Augen vor seinem finstern Blick. Tapfer kämpfte sie gegen die Tränen, nur einen Seufzer konnte sie nicht unterdrücken.

»Was sitzest du wieder und greinst?«, fragte er rau. »Als ich dich freite vor zehn Jahren, bist du anders gewesen. Kein Ritt war dir zu weit, und bei jedem Fest warst du zu finden. Jetzt willst du nimmer heraus aus deinen vier Pfählen, und wenn Gäste kommen, tust du kaum den Mund auf.«

»Du weißt, warum«, gab sie sanft zurück.

»Gewiss weiß ich's; aber drückt es mich nicht noch schwerer als dich? Sechs Brüder sind mir gewesen, stark wie die Eichen, und ich bin der letzte. Kein Sohn und Erbe; nicht einmal ein Mädchen, das mir einen Tochtermann ins Haus bringt. Wenn ich zum Sterben komme, wird der letzte Drachenfelser begraben mit Schild und Helm! Was habe ich nun davon, dass ich das beste Schloss im Erzstift besitze und die Leute mich den reichen Burggrafen schelten? Wahrlich, ich wünschte, wir hätten uns niemals gesehen.«

Sie schlug die Hände vor das Gesicht, und zwischen den weißen Fingern sah ich die hellen Tropfen schimmern. Er war mit einem Fluch von dannen gegangen.

Es mochte ein Jahr später sein, da war auf der Burg alles in gespannter Erwartung. Die Mägde gingen nur auf den Zehen und wagten kaum zu flüstern, selbst die Knechte polterten nicht wie sonst über die Treppen. Der Burgherr wandelte ruhelos durch Haus und Hof und immer wieder zu der Kammer zurück, die neben dem Altan über dem Absturz nach Westen lag. Erst am Abend, als die Sonne die letzten Strahlen durch die kleinen Spitzbogenfenster warf, saß er mit strahlendem Gesicht neben dem Bett der bleichen Frau, und in der Wiege daneben lagen zwei kleine Wesen.

»Er ist klein«, sagte er, »aber das wird sich machen; denn er scheint kräftig und gesund. Das Mädchen – nun ja, es ist einmal da; doch ich glaube nicht, dass es am Leben bleibt.«

Sie gab keine Antwort, und ihre Augen wurden nass. Als er fort war und die Kleinen wach wurden, herzte und küsste sie das Pärchen, wie nur eine Mutter ihre Kinder liebkosen kann.

Sie saß neben dem Bettchen der Zwillinge, noch schmal und blass, aber mit glücklichem Lächeln, und sang ein Wiegenlied. Da trat der Burggraf ein, und auf seinen Zügen lag es wie eine Wetterwolke. Schwer ließ er sich in einen Stuhl fallen, warf einen Brief auf den Tisch und murrte: »Das hat heut' Morgen ein Bote gebracht. Graf Niklas kommt zurück, und in einer Stunde will er hier sein.«

»Dein Vatersbruder?«, rief sie. »Das ist ja schön. Er war mir gut und ließ mich manchmal auf seinem Rappen reiten, als ich noch ein kleines Kind war.

»Du freust dich am Ende noch über die Unglücksnachricht«, sagte er höhnisch. »Ja, so seid Ihr Weiber. Weißt du auch, was das bedeutet? Mehr als zwanzig Jahre ist's her, seit er das Land räumen musste, weil er im Neußer Krieg mit dem burgundischen Karl gegen den Kaiser stand. Er sei über das Meer gefahren, hieß es; er war verschollen und vergessen, tot und begraben, wie ich wähnte. Jetzt ist er wieder da, hat sich aus der Acht gelöst und gesinnt von mir die Hälfte der Burg zu fordern. Nicht zu ertragen ist es! Ich habe das Schloss aufgebaut, welches fast in Trümmern lag, die verpfändeten Güter zusammengebracht, und nun will er meinem Jungen das halbe Erbe nehmen; denn einen Sohn hat er auch, der irgendwo in Welschland sitzt. Wie er es nur angefangen haben mag, dass Kaiser Max und der Erzbischof Hermann ihm zu seinem Recht verhalfen, wie er das nennt? Aber bei meinem Eid, lebend kommt er mir nicht in die Burg.«

»Um Gottes willen, Heinrich!« rief sie. »Was willst du tun? Lass ihn kommen und mich mit ihm reden, denn er hatte mich gern. Vielleicht nimmt er Geld und lässt dir das Schloss. Und tut er es nicht, was willst du anfangen gegen den Erzbischof und Kaiser? Du weißt, sie nehmen es ernst mit dem Landfrieden.«

Er gab eine heftige Antwort und stürmte zur Türe. Sie wollte ihm nacheilen, aber zornig wies er sie zurück. Mit gerungenen Händen warf sie sich vor dem Christusbild nieder.

Eine Viertelstunde später ritt er mit einem halben Dutzend Knechte den schmalen Weg hinunter, der von der Burg nach Königswinter führt. Agnes winkte und rief aus dem Fenster; er kehrte sich verdrossen ab. Hundert Schritte weiter begegnete ihm ein Reiter mit weißem Bart, den ein einziger Knappe begleitete. Beide stiegen ab und setzten sich auf eine Bank, welche links vom Wege auf einem Felsvorsprung unter hohen Bäumen stand. Agnes sah, wie die beiden lange und eifrig miteinander sprachen; dann sprangen sie auf und machten drohende Gebärden. Da bemächtigte sich eine furchtbare Angst der einsamen Frau. Sie stürzte zur Türe – sie war verschlossen, und niemand antwortete auf ihr Rufen.

»Eingeschlossen hat er mich«, schrie sie verzweifelnd; »aber ich muss zu ihm, und sollte es mir das Leben kosten. O himmlische Mutter, erbarme dich meiner Kinder!«

Im Nu hatte sie die Laken von den Betten gerissen und aneinander geknüpft mit fast übermenschlicher Kraft. Noch einen Blick auf die Kinder, dann flog sie zum Fenster, schlang das eine Ende fest um das Fensterkreuz und ließ sich hinab. Es war ein grauenvoller Weg: Vier Mannslängen fiel senkrecht die Mauer ab und der Fels, auf dem sie ruhte; dann kam eine schmale Leiste – kaum reichte die Leine bis zu derselben – auf der knapp ein menschlicher Fuß Platz fand. Von hier aus senkte sich der Felsen fünfzig Fuß oder mehr in schroffer Neigung; hier und da raues Gestrüpp seine Wurzeln in die Spalten geklemmt. Kein Laut kam über ihre Lippen, als sie, bald auf dem Rücken liegend, bald an Zweigen sich haltend oder einen Vorsprung umklammernd, sich langsam bergab schob. Ein Stein wich unter ihrem Tritt, sie schoss hinunter, mit den Füßen voran – gottlob, es war nur ein kurzer Fall. Endlich stand sie auf dem Wege, von Schweiß überströmt, Gesicht und Hände blutend, mit zerrissenen Kleidern. Sie sah und fühlte es nicht, nur vorwärts, vorwärts! Dort stehen die beiden Männer noch, mit erhobener Faust, noch einen Augenblick, und sie hat die Streitenden erreicht, da – ein Schlag, ein schrecklicher Schrei, und rücklings taumelt der Alte über den Rand der Felsplatte.

Ein Jammerruf aus tiefster Brust: »Heinrich, Heinrich! Was hast du getan!«

Er antwortete nicht; aber sein Gesicht war fahl geworden. Er warf sich nieder und schaute in die gähnende Tiefe. »Dort unten liegt er«, schrie er, sich aufrichtend; »er lebt, er muss leben! Rasch, holt Leitern und Stricke!«

Sie liefen und arbeiteten, und mehr als einer hatte sein Leben gewagt, als endlich der Leib des Alten auf den Rasen gelegt wurde. Neben ihm kniete der Burggraf, nach dem Herzschlag forschend.

Zu spät, zu spät! Der Schädel war gespalten; wie der Blitz musste der Tod ihn getroffen haben.

Sie luden die Leiche auf eine Bahre. Scheue Blicke streiften den Burggrafen, der mit stieren Augen daneben ging. Kein Wort wurde gesprochen, bis der Zug das Tor erreichte. So hielt Graf Niklas seinen Einzug in die Burg seiner Väter, nach der er sich so lange gesehnt, lebend nicht – der Neffe hatte seinen Eid gehalten.

Der Abend war gekommen. Draußen heulte der Sturm, und kein Stern blickte durch das Dunkel. Ruhelos schritt Heinrich in der Kammer auf und ab, während die Frau weinend auf dem Boden kniete. »Das habe ich nicht gewollt«, murmelte er. »Gehasst habe ich ihn, das ist wahr; aber töten wollte ich ihn nicht, nur schlagen in meiner Wut, und da hat mir der Satan die Faust geführt.«

Neben der Wiege seines Söhnchens blieb er stehen. Das Kind lag in gesundem Schlaf, mit roten Bäckchen, und lächelte im Traum. Im Antlitz des Grafen zuckte keine Muskel. »Tot ist er«, sagte er langsam, »der dir das Erbe nehmen wollte; aber dein Vater ist darüber zum Mörder geworden.«

Sie war zu ihm getreten und fasste nach seiner Hand. Er zog sie zurück und sagte: »Lass das, es klebt Blut daran.« Da schlang sie die Arme um seinen Hals und rief: »Nein, das glaube ich nicht, du selbst hast ja eben gesagt, dass dein Herz nichts wusste von dem, was deine Hand getan. Mag kommen, was da will, ich lasse nicht von dir. Jetzt aber mahne ich dich als dein treues Weib und um unserer Kinder willen: Fliehe, ehe die Rache der Menschen dich ereilt, und suche Gottes Gericht zu versöhnen.«

Er überlegte einen Augenblick, dann antwortete er kurz: »Geflohen bin ich noch niemals und werde es niemals tun, am wenigsten, um mit Weib und Kind ins Elend zu gehen. Lass sie nur kommen und sich die Schädel einrennen; ich weiche nicht, und wenn die Mauern über mir zusammenbrechen.«

Er fuhr zusammen und horchte gespannt zum Fenster hinaus. »Was war das? Ein Schrei? Nein, es wird der Wind gewesen sein, der um den Turm fährt. Verflucht«, rief er, mit dem Fuße stampfend, »bin ich denn zur Memme geworden? Immer tönt mir der Angstruf in den Ohren, den der Ohm ausstieß, und eben habe ich gemeint, ich sehe sein blutiges Gesicht hereinschauen. Noch einmal: Gewollt habe ich es nicht; aber habe ich die Sünde auf mein Gewissen geladen, so soll mein Sohn wenigstens die Frucht ernten. Gib dir keine Mühe, Agnes«, setzte er freundlicher hinzu; »du meinst es gut, doch meinen Sinn kannst du nicht beugen.« Er schritt zur Türe und rief mit fester Stimme hinaus: »Sechs Mann auf die Wachtposten, und keine Seele kommt mir in die Burg, ohne dass ich die Erlaubnis gebe.«

Wieder zuckte er zusammen und warf einen scheuen Blick über die Schulter zum Fenster. Es war nur ein Schreckbild seines bösen Gewissens gewesen; die Schatten, die wehklagend um die Burg flogen, sah und hörte er nicht. Jetzt schwebte der ganze Schwarm am Turm empor; auf der Zinne stand Rutger von Wolkenburg und rief in die Nacht hinaus: »Verflucht sei dieses Haus und verflucht dieser Tag, bis er, der es getan, die Schuld bezahlt hat bis auf den letzten Heller.«

Die Rache der Menschen war über ihn gekommen. In der Bischofspfalz zu Köln hatten die Vasallen des Stifts vor Erzbischof Hermann, dem Landgrafen von Hessen, das Manngericht gehalten und das Urteil gewiesen: Heinrich von Drachenfels, der den eigenen Ohm erschlagen und trotz dreimaliger Ladung dem Gericht sich nicht gestellt habe, solle ehrlos sein, des Eigens und der Lehen verlustig; zwei Ritter sollen reiten zu Kaiser Max, dass er den Frevler in die Acht tue; das Aufgebot des Stifts soll sich seiner Burg bemächtigen und ihn greifen, lebend oder tot. Dann waren sie herangerückt zu vielen Hunderten und berannten das Schloss. Von der Wolkenburg schossen sie mit Kartaunen herüber; aber

Heinrich hatte besseres Geschütz und setzte ihnen zu mit Steinkugeln, bis drüben das Feuer schwieg.

Die Wege, die von Königswinter und Rhöndorf herausführten, hatte er durch Verhaue gesperrt; dreimal warf er die Erzbischöfe zurück. Eines Tages aber, als dichter Nebel auf dem Berge lag und kein Schütze auf zehn Schritte sein Ziel sehen konnte, kletterten sie an schwindelnden Abhängen herauf, fielen den Wegwächtern in den Rücken und jagten sie in Wald und Klüfte. Heinrich konnte nicht hindern, dass sie sich auf der Platte im Süden der Burg festsetzten, und als endlich die Sonne durch den Nebel brach, hatten sie sich eingegraben, und mit unsäglicher Mühe Kartaunen heraufgeschleppt. Tag für Tag donnerte jetzt ihr Geschütz, bis breite Breschen klafften in den beiden vorderen Mauern. Morgen sollte es zum Sturm gehen auf den innersten Ring.

Der Erzbischof selbst war gekommen und hatte den Burggrafen Heinrich mahnen lassen, er möge die Feste überliefern, dann wolle er ihn des Lebens versichern; denn ihn dauerte der tapfere Mann. Aber trotzig hatte Heinrich sich geweigert, obwohl er sah, dass es zu Ende ging.

Kein Schlaf kam während dieser Nacht in seine Augen. Wenn er nicht auf der Mauer die Runde machte, stand er, zitternd vor Angst, in der Schlafkammer, wo sein Weib über das Lager des Sohnes sich beugte. Das Kind glühte vor Fieber und warf sich unruhig hin und her. »Er stirbt«, stöhnte der unglückliche Mann, »und das Mädchen lebt. Nun, mir ist recht geschehen. Jetzt mag das Ende kommen – je eher, desto besser!« – Dumpfes Geräusch scholl vom Hofe her, eilige Schritte, dann Schüsse, wildes Geschrei und jetzt lauter Siegesruf. »Das ist Verrat!«, rief der Burggraf und griff zum Schwert.

Doch schon hatte sein Weib sich zwischen ihn und die Türe geworfen und flehte mit aufgehobenen Händen: »Um aller Heiligen willen, lass mich dich nicht auf dem Rad sehen, sondern fliehe, so lange es noch Zeit ist. Alles ist bereit.« Sie drängte ihn auf der Altane und warf ein Seil über die Brüstung. Gerade konnte man beim ersten Grauen des Morgens den Weg sehen, welche sie an jenem Unglückstag in ihrer Verzweiflung gemacht hatte. Noch zauderte er. Erst als Stöße wider die Türe donnerten, schwang er sich hinüber und glitt gewandt in die Tiefe. »Wenn ich am Leben bleibe, komme ich zur Servatiuskapelle«, rief sie ihm nach, als er auf der Felsleiste stand. Sie sah noch, wie er den Abhang hinunterkletterte und jenseits des Weges in die Büsche sprang. Dann riss sie die kleine Agnes aus der Wiege; hoch aufgerichtet stand sie, als die Türe zusammenkrachte und drei Knechte in den Saal stürmten. Mit der Rechten wies sie auf ihren Sohn: der Erbe von Drachenfels war tot.

Es waren wilde Gesellen; aber sie wichen bestürzt zurück. »Komm Hans«, sagte der eine, »das ist keine Arbeit für unsereins. Wir wollen's dem Hauptmann melden.« Sie schlichen hinaus, und ohnmächtig brach die arme Mutter zusammen.

Durch das Waldtal, welches von Rhöndorf zur Löwenburg emporführt, schritt mühsam ein blasses Weib, ein schlafendes Kind auf den Arm tragend. Der Schnee knisterte unter ihren Füßen, und wo der Wind ihn zusammengefegt hatte, sank sie bis zu den Knien ein. Oft blickte sie scheu zurück, und wenn ein Reh die dürren Zweige knickte, floh sie in die Büsche. Obwohl der Ostwind kalt von der Höhe ihr entgegen blies, stand ihr der Schweiß vor der Stirne, und als sie den Hof erreichte, der am Fuße des Löwenburger Kegels liegt, sank sie erschöpft auf die Bank neben dem Herde. Mit zitternden Fingern nestelte sie die Decke los, in der sie das Kind getragen hatte. Es war wach geworden und streckte ihr lächelnd die Ärmchen entgegen.

»Was lauft Ihr in dem Wetter über Land?«, fragte mitleidig die Frau des Hofbauern, welche ihr warme Milch brachte. »Und das arme Würmchen da! Es könnte sich den Tod holen. Bleibt bei uns über Nacht; es geht schon auf den Abend, und morgen ist auch ein Tag.«

Sie schüttelte sanft den Kopf, ließ die Kleine trinken, und nach kurzer Rast eilte sie weiter auf verschlungenen Pfaden durch einen mächtigen Buchenwald. Bald ging es vorwärts, und rasch kam sie voran, da in dem dichten Forst der Schnee kaum den Boden bedeckte.

In einer Lichtung lag eine kleine Kapelle. Die Türe war nur angelehnt; als sie eintrat, erhob sich ein Mann, der vor dem einfachen Altar gekniet hatte. Sie gab ihm die Hand und reichte ihm das Kind mit einem bittenden Blick.

»Du bringst nur das Mädchen?«, fragte er finster. »Wo ist mein Sohn?«

Sie antwortete mit Schluchzen, und er starrte, die Zähne zusammenbeißend, zu Boden.

»Er steht noch über der Erde«, begann sie endlich, leise weinend. »Ich konnte nicht warten, bis sie ihn begruben, aus Furcht um dich. Sie waren gut mit mir, und der Hauptmann kam, um mich zu trösten. Was ich an Geld und Steinen finden konnte, habe ich zu mir gesteckt. Niemand hat mich gefragt, wohin ich ging, als ich das Schloss verließ. Aber nun komm, Heinrich, lass uns in ein fernes Land gehen, wo niemand unsern Namen kennt, hier stürbe ich vor Angst, man möge dich finden.«

Erst in der Nacht kamen beide nach Ägidienberg. Hier kaufte Heinrich am nächsten Morgen ein starkes Pferd, ließ die Frau darauf sitzen und zog die Sieg hinauf durch die Grafschaft Berg. Sie klagte nicht und weinte nur bei Nacht, wenn er es nicht sehen konnte. Aber als sie nach Siegen kamen, war es aus mit ihrer Kraft. Wochenlang lag sie im Fieber; als sie wieder aufstehen konnte, war das neue Jahr gekommen. Auch jetzt noch musste sie schwach und bleich im Sessel sitzen.

20

Eines Abends hörten sie in der Stube nebenan, in welcher die Spießbürger ihr Bier zu trinken pflegten, lautes Gespräch. Anfangs achteten sie nicht darauf, was die Leute redeten vom Korn, vom Vieh und von den Weltläufen. Da kam ein neuer Gast, ein Landsknecht, der vom Rhein nach Hessen wanderte und begann zu erzählen vom Burggrafen von Drachenfels und seiner Untat. »Das Kammergericht hat ihn in die Reichsacht getan«, schloss er, »und der Kaiser hat den Spruch bestätigt. Ehrlos und rechtlos ist er; zur Witwe soll sein Weib werden und seine Kinder zu Waisen. Ihm aber möge geschehen, wie dem Grafen Friedrich von Isenburg, der auch seinen Ohm, den Erzbischof Engelbert, meuchlerisch erschlagen. Mörder und Mordbrenner und Kirchenschänder soll man radbrechen, heißt es im alten Recht, und so ist's noch heute. Ich wollte nur, dass ich ihn greifen und mir den Preis verdienen könnte, der auf seinen Kopf gesetzt ist.«

Die Bürger stimmten zu und sprachen wieder von andern Dingen. Heinrich war totenbleich geworden, und Frau Agnes zitterte an allen Gliedern. Dann redete sie auf ihn ein, weiter zu ziehen. Gleich am andern Tage saß sie wieder zu Ross, obwohl sie kaum im Sattel sich halten konnte. Ruhelos zogen sie nach Osten, durch Hessen, Thüringen und das Vogtland, bis sie ins Böhmische kamen. »Hier sind wir sicher«, meinte er; »es sind halbe Ketzer die hier wohnen, und des Kaisers Befehl kümmert sie nicht.«

Ein böhmischer Junker, der nicht weit von Eger auf einer Waldburg wohnte, nahm ihn in Dienst als Torwart, und damit er die Aufsicht führe im Hundestall und bei den Pferden. Seitdem Heinrich ihm auf einer Sauhatz das Leben gerettet, indem er einen Keiler abfing, der gerade auf den Junker losrannte, war er dem stillen Mann gewogen und duldete nicht, dass die Böhmen des Deutschen spotteten. Unverdrossen tat der Fremde, was seines Amtes war. Nie sah man ihn lachen, und selten sprach er ein Wort, wenn er nicht gefragt wurde. Wenn er daheim war, saß er stumm in der Herdecke, und wenn Agnes, das Kind auf dem Schoß, sich zu ihm setzte und so gern einen freundlichen Blick von ihm gehabt hätte, wendete er sich ab oder ging zur Türe hinaus. Niemals aber gab er ihr ein hartes Wort, und als einmal einer von den Knechten sich vermaß, an ihr seinen Witz zu üben, fasste er ihn mit eiserner Faust am Kragen und hielt ihn schwebend, bis er mit schlotternden Knien versprach, er werde es nicht wieder tun. Das tat ihr wohl.

Um die kleine Agnes kümmerte er sich nicht. Er schien gar nicht zu bemerken, dass aus dem schwachen Kinde ein schlankes Mädchen wurde, das alle im Schloss lieb hatten. Hätten die Mutter und der Burgkaplan sie nicht so eifrig gelehrt, dass man die Eltern ehren müsse und sie erst recht lieben, wenn sie unglücklich sind, sie hätte sich gefürchtet vor dem finstern Mann, der sie niemals liebkoste und meistens tat, als sehe er sie nicht. Aber sie war ein frommes Kind, trug herzliches Mitleid mit dem Vater und tat alles, was sie ihm an den Augen absehen konnte.

Eines Tages ließ der Junker das Mädchen auf einem Zelter reiten, und als ihr Vater ihr zusah, wie sie etwas ängstlich am Sattelbogen sich festhielt, während das Gesichtchen vor Freude strahlte und ihr Haar wie Gold in der Sonne glänzte, da fuhr es ihm wie der Blitz durch den Sinn: »Genau so ist dein Weib gewesen, als du es zum ersten Mal gesehen.« Bis dahin hatte er kaum gefühlt, dass er ein Kind habe; jetzt wurden ihm die Augen feucht. Er half ihr herunter und legte ihr zögernd, als ob er ein Unrecht begehe, die Hand auf den Scheitel. Sie wurde rot vor Freude und küsste ihm dankbar die Hand. Auch von jenem Tage ab sprach er selten mit ihr; aber wenn sie nicht daheim war, fehlte ihm etwas.

Zeit war es, dass Gott ihm diesen Trost schickte, denn sein Weib siechte dem Grabe entgegen. Schmerzen hatte sie nicht; aber immer hohler wurden die Wangen, immer müder die Füße, und endlich konnte sie das Bett nicht mehr verlassen. Als es zu Ende ging, rief sie das Mädchen zu sich und erzählte ihm alles. Es war eine schreckliche Stunde für das arme Kind; aber es hatte das starke Herz der Mutter geerbt und gelobte der Sterbenden feierlich, den Vater nie zu verlassen. Dann ließ Agnes ihren Mann kommen, und als er schluchzend neben ihr kniete, musste er ihr versprechen, dem Mädchen ein treuer Vater zu sein.

Es war mehr, als er halten konnte; denn als er sein Weib begraben hatte, wurde sein Sinn verwirrt. Zu Zeiten konnte er noch sein wie früher und seine Arbeit tun; aber dazwischen kamen Tage, wo er brütend umherging und unverständliche Reden führte. Den Grund seines Elends hatte er vergessen, auch den Tod seiner Frau; seine Tochter hielt er für die Tote. Er folgte ihr in allen Dingen, und wenn sie bei ihm saß, war er zufrieden.

So lebten sie ein paar Jahre still dahin. Er war vor der Zeit alt geworden und für seinen Dienst kaum noch zu gebrauchen. Nur aus Dankbarkeit und aus Mitleid mit der Tochter ließ der Junker ihn im Schlosse. Dann tauchte langsam die Erinnerung an die Heimat wieder in ihm auf, doch nur stückweise und in dunklen Umrissen. Er könne nicht länger bleiben, sagte er; auf der Burg Drachenfels sei er nötig, denn sein Sohn sei noch nicht alt genug, um sie allein zu bewahren, und sein Ohm habe ihm geschrieben, dass er ihn heimsuchen wolle.

In der ersten Zeit machte Agnes ihm sanfte Vorstellungen und suchte ihn auf andere Gedanken zu bringen mit allerhand kleinen Künsten. Dann wurde er heftig, drängte sie von Tag zu Tag und drohte: Wolle sie nicht mit, so werde er allein reisen. In ihrer Angst beriet sie sich mit dem Junker und dem Burgkaplan und berichtete ihnen, wie der Vater ins Unglück gekommen sei. Die schüttelten die Köpfe und gaben ihm viele gute Worte, doch umsonst. Er sei alt genug, um sich selbst zu beraten, beschied er sie; übrigens erachte er sie für seine lieben Freunde, und wenn sie ihn besuchen wollten auf Drachenfels, sollten sie von Herzen willkommen sein. Da erwogen sie: Seit der bösen Tat seien mehr als zehn

Jahre verstrichen; über der Reichsacht sei wohl längst Gras gewachsen, zumal man sich in deutschen Landen um einen solchen Spruch nicht viel zu kümmern pflege; zudem sei Erzbischof Hermann tot, und sein Nachfolger werde dem kindischen Greise wohl nichts zuleide tun. So möchten sie denn ziehen in Gottes Namen. Auch gaben sie Agnes Briefe an Herren geistlichen und weltlichen Standes, in Vogtland und Franken, dass sie ihnen Herberge gäben, und an andere Herren, an deren Schlössern ihr Weg vorbeiführte.

So ritten denn Heinrich und Agnes an einem Maimorgen von dannen. Verwundert sahen die Leute auf den Greis und das zarte Mädchen, die ohne einen Knappen durchs Land zogen. Heinrich war wohlgemut auf der ganzen Reise und wusste nicht genug zu erzählen von seiner Heimat, wo es viel schöner sei, und wo Agnes es viel besser haben werde als im Böhmischen Wald. Sie hörte ihm still zu und betete immer bei sich, Gott möge ihn schützen in seiner Torheit. Auf den Burgen, wo sie einkehrten, waren sie gern gesehen; die Frauen hatten stets ihre Freude an dem lieblichen Kinde, und die Männer fanden Gefallen an dem Ritter, der so klug und verständig sprach. Bei Fremden ließ er nichts merken von seiner Unvernunft; nur wenn er allein war mit seiner Tochter, führte er die alten törichten Reden. Dann zog sich ihr Herz zusammen und die Angst sah ihr aus den Augen. Er aber lachte: »Mache dir keine Sorge, Agnes; bald sind wir zu Hause, und dann wird alles gut.«

Sie waren den Main hinabgeritten und reisten nun den Rhein entlang. Es waren heiße Tage, er fing an zu klagen, es liege ihm wie Blei in den Gliedern, und er habe Schmerzen im Kopfe. »Hier wollen wir einen Tag Rast machen«, sagte er in Linz, »damit ich recht frisch in unsere Burg einreiten kann.« Sie nahmen Herberge im Fremdenhause der Brüder Minoriten, das eine kleine Strecke vor dem Ort lag. Er ging früh zu Bett, aber nach wenigen Stunden wurde er wach und sprach die ganze Nacht, während Agnes zitternd neben ihm saß. Gleich am Morgen rief sie den Pater Arzt.

Als er mit dem Kranken gesprochen hatte, schüttelte er mit dem Kopf und machte ein ernstes Gesicht. Dann winkte er Agnes, ihm zu folgen, und fragte sie aus, worauf sie ihm die ganze Wahrheit kundtat.

»So habe ich es mir gedacht«, sagte er. »Höre, Kind, ich will dir nichts verheimlichen; denn du bist ein wackeres Mädchen. Ich glaube nicht, dass er noch lange lebt, denn das Blut steigt ihm in den Kopf; aber vor seinem Ende wird er noch einmal zur Vernunft kommen. Bis dahin musst du gut achtgeben und, wenn Gott seinen kranken Geist erleuchtet, dafür Sorge tragen, dass du ihm zu einem christlichen Tode verhilfst und seine arme Seele rettest. Dass er nach Drachenfels reiten will, gefällt mir schlecht; denn droben sitzt des Grafen Niklas Sohn, Werner. Er ist ein guter Mann, aber wenn er hört, wer dein Vater ist, so fürchte ich, er wird seiner nicht mächtig bleiben. Gott gebe, dass es mir gelingt, deinen Vater zurückzuhalten; ich will es versuchen.«

Er ging wieder hinein, gab dem Kranken einen beruhigenden Trunk. Auf seine wirren Reden ging er ein, und tat gar nicht, als wenn ihm dabei etwas auffiele.

»Also, Ihr wollt nach Drachenfels, Herr Burggraf?«, fragte er endlich. »Ja, ja, ich kann mir schon denken, dass es Euch hinzieht, nachdem Ihr so lange in der Fremde gewesen. Aber die Sache hat einen Haken. Ich meine, gehört zu haben, der Kaiser habe es Euch verboten. Sonderbar, wie sich das trifft: Gerade heute kommt der Kaiser von Frankfurt, um in Bonn den Erzbischof von Köln zu treffen. Da dürft Ihr es erst recht nicht tun ohne seine Erlaubnis, sonst wird er böse.«

»Der Kaiser!«, antwortete Heinrich langsam und rieb sich den Kopf. »Wahrhaftig, da habt Ihr recht. Er ist vor langen Jahren einmal zornig auf mich gewesen – warum, weiß ich nicht mehr. Nun, wenn er kommt, will ich ihn erst fragen; dann hat er gewiss nichts dagegen. Meint Ihr nicht auch, Herr Pater?«

»Wir wollen alles Gute hoffen«, antwortete der Mönch aufstehend. »Jetzt aber müsst ihr schlafen, sonst ist es nicht möglich, dass Ihr mit dem Kaiser sprecht.«

Es war Nachmittag. Der Burggraf lag seit einigen Stunden in ruhigem Schlummer; ein leises vorsichtiges Klopfen, Agnes schlüpfte hinaus. Vor der Türe stand der Pater. »Sie kommen«, flüsterte er, »nur Mut!«

Auf der Straße von Hönningen her trabte ein Trupp Reiter auf reich geschirrten Rossen heran, in der vordersten Reihe ein stattlicher Herr mit einer Habichtsnase und zwei prächtigen, blauen Augen. Jung war er nicht mehr, doch zeigte das lange, blonde Haar noch keine graue Stelle, und wenn sich auch scharfe Falten um Mund und Nase zogen, so nahmen sie doch dem Gesichte nicht den freundlichen Ausdruck.

»Ein heißer Tag«, sagte er zu einem seiner Begleiter und trocknete sich die mächtige Stirne. »Bin froh, dass wir zu Linz sind. Ist ein sauberes Städtlein, wohnen gute Leute darin und trinken auch gern einen guten Tropfen. Ich fürchte nur, jetzt stehen Bürgermeister und Rat nebst allen unseren getreuen Bürgern schon zum Empfang bereit, und ehe der vorüber ist, können wir schier verdursten. Aber, seht einmal, da haben die Linzer ihr schönstes Mägdlein schon vors Tor geschickt.«

Die kleine Agnes war vors Haus auf die Landstraße getreten und ging mit pochendem Herzen, aber festen Schrittes auf den Reiter zu. Dicht neben ihm blieb sie stehen, sah ihm mit den klaren Augen voll ins Gesicht und sagte: »Du bist der Kaiser Max, das sehe ich dir an.«

»Nun, dann wird es wohl wahr sein«, sagte er belustigt. »Andere Leute haben mich freilich nicht so rasch erkannt und sich nicht wenig gewundert, wenn sie hörten, mit wem sie es zu tun hatten. Aber was bringst du mir, Kleine?«

»Traurige Dinge!«, antwortete sie ernst und faltete bittend die Hände. »Was ich dir zu melden habe, ist nur für dich, du musst mich allein hören.«

»Hoho, Jungfräulein«, rief der Kaiser lachend. »Muss ich wirklich? Das habe ich noch nicht von manchem zu hören bekommen. Aber hast du denn so große Geschäfte mit mir abzumachen? Ist dir deine Puppe zerbrochen und ich soll dir eine neue kaufen? Wer bist du denn, kleine Königin?«

Sie wurde rot vor Scham und Ärger; die zarte Gestalt richtete sich höher auf, und aus ihren Augen schoss ein Blitz. Leise, dass nur Max selbst es hören konnte, antworte sie: »Mein Name ist dir bekannt, aber du liebst ihn nicht, ich bin die Tochter des Burggrafen Heinrich von Drachenfels, den du vor Jahren geächtet hast. Glaubst du noch, ich wolle um Puppen betteln?«

Dem Kaiser war das Lachen vergangen. Mit einem Satz war er vom Ross herunter und winkte seinen erstaunten Begleitern, vorwärts zu reiten. Dann ergriff er Agnes bei der Hand und ging mit ihr hinein. »Kennt Ihr das Mädchen?«, fragte er im Vorbeigehen den Pater Arzt, der mit tiefer Verbeugung die Türe öffnete. »Gewiss, kaiserliche Majestät«, antwortete er, »und Ihr könnt ihr jedes Wort glauben.«

Die guten Linzer waren niemals so böse über den Kaiser Max gewesen, als an diesem Tage. Sie hatten Vivat gerufen aus Leibeskräften, als der Bürgermeister würdevoll vor die Reiter trat, eine schöne Rede hielt und den Pokal kredenzte. Der Reisemarschall hatte ihn ausgetrunken und spöttisch gesagt: »Das war ein guter Wein. Bitte, Herr Bürgermeister, lasst noch etliche Krüglein kommen, denn es ist heiß, und wir sollen am Tor auf den Kaiser warten.« Da gab es auf der einen Seite Gelächter, auf der andern lange Gesichter, und eine geschlagene Stunde standen sie alle in glühender Sonne, des Kaisers harrend. Der saß mittlerweile mit Agnes in der Stube. Sie verschwieg nichts und setzte nichts hinzu; und ihre einfachen Worte gingen ihm tief zu Herzen. »Du darfst es mir glauben, Herr Kaiser«, schloss sie, »der Vater hat es nicht mit bösem Willen getan; er ist nicht bei Sinnen gewesen. Das hat mir die Mutter beteuert, als sie im Sterben lag, und die hat in ihrem ganzen Leben nicht gelogen. Jetzt aber gib mir Bescheid, ob du ihm verzeihen und mir helfen willst, dass der Vetter aus der Burg nicht Rache an ihm nimmt.«

Sie hatte die Händchen gefaltet und sah ihn bittend an. Ihm zuckte es um den Mund, und er musste einige Male im Zimmer auf und ab gehen, ehe er ruhig wurde. »Kind, Kind! Wer könnte dir etwas abschlagen? Also du hast ihn gepflegt, seit der Mutter Tod und bist allein mit ihm die weite Reise geritten? Weiß Gott, eine Fürstin sollst du sein, und noch lieber wäre es mir, du wärest meine Tochter. Aber hast du dich denn gar nicht gefürchtet, mit dem Kaiser zu reden?«

»Nur im Anfang«, antwortete sie zutraulich. »Wie ich in deine Augen sah, bekam ich Mut; und nachher war ich auch zu böse, um Angst zu haben.«

Er lachte herzlich. »Jetzt bist du mir doch wieder gut, he? In meinen Augen sollst du dich aber nicht versehen haben. Und nun gehe und hole mir deinen Vater, wenn er nicht mehr schläft.«

Sie sprang zur Tür hinaus und kam gleich mit Heinrich zurück. Mit ritterlichem Anstand bog er vor dem Kaiser das Knie. »Verzeiht, kaiserliche Majestät«, sagte er, »wenn ich gegen Euch gefehlt; ich will es bessern nach allen meinen Kräften.«

Teilnehmend sah Kaiser Max auf das graue Haar und die welken Züge. »Steht auf, Burggraf Heinrich«, sagte er gütig; »so viel an mir liegt, sei Euch verziehen. Die Acht nehme ich von Eurem Haupte. Aber es gibt noch andere, deren Verzeihung Euch nottut; da will ich gern Euer Mittler sein.«

»Und jetzt darf ich wieder nach Drachenfels gehen?«

Der Kaiser sah ihn erstaunt an; er musste sich erst wieder darauf besinnen, dass der Mann nicht bei Verstand war. »So rasch geht das doch nicht, Herr Burggraf«, sagte er dann. »Heute Nacht bleiben wir in Linz; morgen in der Frühe aber reite ich selbst nach Drachenfels, dann möget Ihr mich begleiten. Nun lebt wohl, ich habe die braven Linzer lange genug warten lassen.«

In der nächsten Minute saß er auf seinem Rappen und jagte dem Stadttore zu. Einen Schritt vor dem erschreckten Bürgermeister parierte er das feurige Pferd und rief: »Ist Euch die Weile lang geworden, Ihr guten Leute? Übel dürft Ihr es mir nicht nehmen, denn es war ein gutes Werk zu tun. Jetzt aber gebt mir einen Schluck von Eurem Besten; ich bringe es Euch und Eurer Stadt.« Da hatten die Linzer all ihren Ärger vergessen; ohne Scheu drängten sie sich um ihn und riefen aus vollem Herzen: »Vivat hoch der Kaiser Maximilianus!«

Am Abend saß Heinrich mit seiner Tochter im Gärtchen der Herberge, heiter und aufgeräumt wie er seit langen Jahren nicht gewesen war. Niemand hätte ahnen können, dass hinter dieser schönen Stirne mit den freundlichen Augen der Irrsinn lauere.

»Siehst du, Agnes«, plauderte er, »wie unrecht du hattest, mir von der Reise abzuraten? Kaum ein Wort brauchte ich dem Kaiser zu sagen, und alles war wieder in Ordnung. Sonderbar, dass ich mich gar nicht mehr besinnen kann, weshalb ich bei ihm in Ungnade fiel. Aber das ist jetzt gleichgültig – morgen ist kaiserliche Majestät mein Gast in der Burg meiner Väter. Was meinst du, Agnes, ob er in seiner guten Laune unseren Sohn zum Ritter schlagen wird?«

Es gab ihr einen Stich durchs Herz. Immer nur der Sohn, der seit dreizehn Jahren im Grabe lag – die Tochter, die alles für ihn opferte, kannte er nicht! Und doch war es ihr auch wieder ein süßes Gefühl, zu denken, du hast das Vermächtnis der Mutter so heilig bewahrt, das er nicht anders kann, als dich für die Mutter halten. Ruhig antwortete sie: »Das dürfen wir doch kaum erwarten, der Kaiser kennt ihn ja noch nicht.«

»Da hast du freilich recht. Ich selbst weiß ja nicht einmal, ob der Junge auch gut geraten und einer solchen Ehre würdig ist. Wie lange mag es schon sein, dass ich ihn nicht mehr gesehen habe? Ein volles Jahr zum Mindesten … Noch länger, meinst du? Ja, ich glaube es auch; aber das Nachdenken macht mich so müde. Ich will schlafen gehen, zum letzten Mal in der Fremde. Morgen, morgen, dann ist alles Leid zu Ende.«

Sie wich nicht von seinem Lager, bis er ganz ruhig da lag, mit geschlossenen Augen, regelmäßig atmend. Dann erst huschte sie auf den Zehen in ihre Kammer, bald umfing sie der traumlose Schlummer der Jugend.

Er aber schlief nicht. »Sie ist fort«, murmelte er, im Bette sich aufrichtend, und lachte leise vor sich hin. »Ja, so habe ich es oft gemacht; denn sie muss doch ihre Nachtruhe haben. Weshalb sie nur abends immer so lange neben mir sitzen mag? Ich glaube sie hält mich für krank, und ich bin doch seit Jahren nicht so gesund gewesen. Aber ein treues Weib ist sie, immer sanft und geduldig, und auch schön ist sie geblieben; fast möchte ich meinen, sie sei in der letzten Zeit wieder jünger geworden. Aber was fange ich jetzt an, die Nacht hindurch? Wenn ich einschlafe, kommen wieder die bösen Träume: der alte Mann mit dem blutigen Kopf und das tote Kind, und dann das laute Geschrei, dass ich immer auffahre und meine, es sei jemand im Zimmer. Gut, dass Agnes nichts davon weiß. Jetzt fällt mir ein, was ich tun will! Auf dem Drachenfels wissen sie nicht, dass der Kaiser kommt; ich will rasch voraus reiten und zusehen, dass alles in Ordnung ist. Wir hängen die Fahnen heraus, laden das Geschütz und putzen die Waffen blank; wenn ich dann dem Kaiser entgegenreite, meinen Sohn zur Seite, wird er ihn wohl zum Ritter schlagen.«

30

Geräuschlos kleidete er sich an und trat in die Nebenkammer, in welcher seine Tochter ruhte. »Sie schläft«, flüsterte er, sich über sie beugend; »wahrhaftig, sie wird alle Tage jünger, und ich bin schon fast ein alter Mann. Aber leise, leise, dass sie nur ja nicht wach wird, sonst lässt sie mich nicht fort. Sie wird sich wundern morgen früh, wenn sie mich nicht findet. Der Kaiser wird sie schon mitbringen.«

Nichts regte sich als er über den mondbeschienenen Hof zum Stalle ging und sein Ross aufzäumte. Vorsichtig führte er es am Zügel eine kleine Strecke weit; dann saß er auf und trabte gemächlich um das Städtchen und den Rhein hinunter.

Zwei Stunden später wurde Agnes wach; denn sie war daran gewöhnt, mitten in der Nacht aufzustehen und nach dem Vater zu schauen. An der Zwischentüre stand sie und lauschte, ob sie sein Atmen höre – kein Laut. »Vater!«, sagte sie leise. »Vater!« – Keine Antwort. Eine Ahnung des Unheils dämmerte in ihr auf; sie eilte zu seinem Bett, es war leer, die Kleider verschwunden. Im Nu hatte sie sich angekleidet und war zum Stall gelaufen: Nur ihr Zelter lag schlafend auf der Streu. Trotz ihrer tödlichen Angst überlegte sie keinen Augenblick. Als volle Gewissheit stand es vor ihrem Geiste, wohin er geritten sei, und nicht minder, was die Pflicht ihr gebiete. Die Leute zu wecken, fiel ihr nicht ein. Ein leichter Schlag auf den Rücken, und ihr Pferd sprang in die Höhe; mit eigenen Händen warf sie ihm den Sattel über – das hatte sie in Böhmen gelernt, und das Reiten noch besser. Kaum eine Viertelstunde war vergangen, seit sie die Augen geöffnet, und schon jagte sie mit verhängtem Zügel nach Norden. Die Hunde schlugen an, wenn sie durch ein Dorf sprengte. Hier und da lockte der Hufschlag einen Schläfer ans Fenster; dann sah er erschreckt die kleine Gestalt, deren helles Gewand über den Rücken des Zelters flatterte, und erzählte am andern Morgen, er habe die weiße Frau gesehen.

Sie war nie in dieser Gegend gewesen, seit die Mutter das hilflose Kind in die Fremde getragen; aber als sie die Ebene von Honnef erreichte und jenseits derselben, vom Mondlicht umflossen, einen schroffen Kegel ragen sah, da wusste sie, es sei der Drachenfels. Oft hatten die Eltern ihr von der Heimat erzählt, und ohne Bedenken lenkte sie in den düstern Hohlweg ein, der dicht vor Königswinter den Berg hinaufführte. Langsam kletterte das Tier den steinigen Pfad empor, viel zu langsam für ihre Ungeduld; endlich senkten sich die steilen Wände zur Seite, sanfter stieg der Weg durch den dichten Wald. Jetzt sieht sie, im ersten Grauen des Morgens, die Burg vor sich liegen. Sieh da, rechts vom Wege, hart am Abhang, steht eine hohe Gestalt: Das muss der Vater sein! Ein weithin schallender Ruf, ein Peitschenhieb, und, sich aufbäumend, fliegt ihr Renner vorwärts.

Nur eine Viertelstunde vorher hatte er diese Stelle erreicht, von ehrgeizigen Träumen erfüllt; weiter kam er nicht. Dort, ja dort musste es gewesen sein! Da stand die Bank unter den Eichen, und zwei Schritte davon gähnte die Tiefe. Angesichts der Stätte seiner Tat brach die Erinnerung durch den Nebel, der seinen Geist umschleiert hatte. Mit zitternden Knien stieg er ab und band das Ross an einen Baum. Langsam näherte er sich dem Felsrand und schaute hinunter; dann suchte er sorgfältig in den Büschen umher. »Er ist noch nicht da«, murmelte er; »aber er wird kommen, – und dann wollen wir sehen wer Herr auf Drachenfels ist.«

Er setzte sich auf die Bank. Mehr und mehr verwirrten sich seine Gedanken; es hämmerte ihm in den Schläfen, in seinen Augen brannte ein unheimliches Feuer. Jetzt sprang er auf und rief: »Seid Ihr wirklich gekommen, Ohm Niklas? Den Weg hättet Ihr Euch sparen sollen; es wäre besser für Euch und für mich gewesen. Die Burg verlangt Ihr, alter Narr? Davon ist keine Rede; ich habe es geschworen. Ihr wollt Euch mit der Hälfte zufriedengeben? Sehr gütig von Euch; aber hier wird nicht gehandelt. Habt Ihr vergessen, dass Ihr schon einmal hier waret, vor langen Jahren, als mein Sohn kaum geboren war, und wie ich Euch damals heimschickte? Ihr müsst von Sinnen sein, dass Ihr es zum zweiten Mal versucht, gerade heute, wo der Kaiser kommt und meinen Jungen zum Ritter schlägt. Was? Ihr wollt noch Worte machen? Zurück, Mann, oder, bei meinem Eide, es gibt ein Unglück.«

Er sah die Tochter nicht, die gerade um die Waldecke bog; er hörte nicht ihren wilden Ruf; in voller Wut führte er einen Stotz gegen das Wahnbild, mit dem er sprach, – stürzte vornüber und verschwand in der Tiefe.

Ein markerschütternder Schrei! Agnes war vom Pferde geglitten und bog sich über den Rand. Er war nicht ganz hinuntergestürzt, mitleidig hatte ein starker Strauch den Unglücklichen in seinen Zweigen aufgefangen. Da hing er regungslos; ob lebend oder tot, konnte sie nicht sehen.

Sie sprang in die Höhe und lief hilferufend der Burg zu. Noch ehe sie das Tor erreichte, kamen einige Männer ihr entgegen; denn der Wächter hatte vom Turm aus das Gebaren des Wahnsinnigen und seinen Sturz bemerkt.

Es war gelungen. Sie hatten ihn heraufgeschafft, und er lag an derselben Stelle, wo einst sein Verwandter gelegen. Sein Kopf ruhte im Schoße der Tochter, blutüberströmt; aber noch war Leben in ihm. Agnes betete aus Herzensgrund, Gott möge ihn erhalten oder doch nicht zulassen, dass er in Bewusstlosigkeit von der Erde scheide.

»Wer bist du armes Kind?«, fragte eine tiefe Stimme, und eine breite Hand legte sich sanft auf ihr Haar. Hinter ihr stand ein schöner Mann in ritterlicher Tracht. Sie schlug die Hände vor die Augen und stöhnte laut auf. Dann hob sie das tränenüberströmte Gesicht und sagte leise: »Herr Werner von Drachenfels – denn Ihr seid es gewiss – ich bin die Tochter des Burggrafen Heinrich, und er selbst liegt zu Euren Füßen.«

Er taumelte zurück, bleich, mit sprühenden Augen. Flehend hob sie die Hände empor und rief: »Ich weiß, was er getan hat; aber es geschah im Zorn, und furchtbar hat er gebüßt. Um Gottes Barmherzigkeit willen, wollt Ihr ihn denn hier elend zugrunde gehen lassen?«

Er hatte sich gefasst und antwortete ernst: »Nein, Kind, das will ich nicht, schon um deinetwillen. Fern sei es von mir zu richten, wo Gott selbst gerichtet hat.«

Sie hatten ihn im Rittersaal gebettet und taten alles für ihn, was sie konnten. Sorgfältig hatte der Arzt die tiefe Wunde am Kopfe untersucht und verbunden. »Es wird nicht lange mehr dauern«, meinte er achselzuckend. Dann war der Unglückliche aus seiner Ohnmacht erwacht und lange mit dem Priester allein geblieben.

Nun lag er ruhig und ohne Schmerzen. Der Leib war dem Tode verfallen; doch die Seele war befreit und der Bann gebrochen, der den Geist gefangen hielt. Alles wusste er; seine Tat, die Aufopferung der Seinigen und den Edelmut des Mannes, dem er den Vater geraubt. Erfüllt von Reue, Dank und Liebe fand ihn der Tod.

Was weiter geschah, schwebt mir nur noch undeutlich vor. Wie ein Schleier legte es sich über meine Augen; er wurde dichter und dichter, bis alles in eintönigem Grau verschwamm. Leise wie von fern vernahm ich die Worte: »Herr Burggraf, was Ihr an dem Unglücklichen getan, wird der Kaiser Euch nimmer vergessen. Um eins aber bitte ich: Tragt Sorge um dieses Kind, es ist der besten eines in deutschen Landen.« Dann die Antwort: »Das will ich, so wahr mir Gott helfe.«

Noch hörte ich die Stimme Rutgers von Wolkenburg: »Leb wohl; meine Zeit ist gekommen. Manches, was du gesehen, wird dir fremdartig sein; und auch Ihr seid uns ein fremdes Geschlecht, wenn auch Kinder desselben Volkes. Aber wir verstehen uns doch; denn heute wie damals und noch früher zu meiner Zeit wechselt das Leben in Liebe und Hass, in Schuld und Sühne, in Opfer und Versöhnung.«

Ich fühlte, wie er wieder die Hände auf meine Schultern legte und sein Hauch mein Antlitz streifte; und es war mir, als würden meine Glieder schwer, und ich sinke langsam hinunter. Als ich um mich schaute, saß ich wieder einsam in dem zerfallenen Turm. Über mir wölbte das Firmament sich in funkelnder Sternenpracht, und der Mond schlug eine Brücke über den Rhein.

Als ich hinunterstieg, schlug es eins auf der Drachenburg. Müde und durchfroren kam ich zum Gasthof, schlich auf mein Zimmer und schlief ohne Träume bis tief in den Tag hinein. Sobald ich mich blicken ließ, gab es viel Erstaunen und Fragen, wo ich so lange geblieben sei. Ich schwieg, denn ich hatte keine Lust, von der Frau Professor eine zweite Vorlesung über Geister zu hören.

Erst als ich einige Tage darauf mit meinem Verleger nach Rhöndorf ging und er aufmerksam den Grabstein des Burggrafen Heinrich an der Kapelle besah, erzählte ich ihm die Erlebnisse jener Nacht. Er schüttelte den Kopf, meinte aber: »Das sollten Sie aufschreiben.«

Der gute Dechant Ensfried

Geschichte aus dem zwölften Jahrhundert

Die Glocken der Kölner Kirchen läuteten gerade Mittag, als der Dechant Ensfried von St. Andreas die Treppe des Pfarrhauses von St.-Maria-Ablass herabstieg, so eilig, als die glatten Stufen und seine alten Beine es gestatteten. Er war fast siebzig Jahre alt, ein kleines mageres Männchen. Der Pastor, sein Freund, hatte ihm den Pelzrock bis ans Kinn zugeknöpft und ihm die Mütze tief über die Ohren gezogen – denn es war bitter kalt – so dass von seinem Gesichte nicht viel mehr zu sehen war als die Nasenspitze. Als er aber das Läuten hörte, nahm er die Mütze ab und betete andächtig den Angelus. Die Jahre hatten tiefe Furchen in seine Züge eingegraben, aber es war noch immer ein schöner Kopf, vielleicht schöner denn jemals. Den kahlen Scheitel – seit langer Zeit schon brauchte er sich die Tonsur nicht mehr scheren zu lassen – umgab ein Kranz von schneeweißen Löckchen. Er hatte frische, rote Backen, und um den welken Mund und in den blauen Augen lag ein solcher Ausdruck von Liebe und Sanftmut, dass du auf den ersten Blick gesagt haben würdest: Das ist gewiss ein guter Mensch.

»Es ist doch kalt«, sagte Ensfried und zog die Mütze wieder über die Ohren. »Ach du lieber Gott, was sollen in dem harten Winter die armen Leute anfangen! Die Spatzen fallen erfroren von den Dächern herunter, und da sitzt so manches Kind Gottes zitternd in der zugigen Stube, während wir sündigen Diener des Herrn hinter dem warmen Ofen hocken. Könnte ich nur an mein Holz! Aber die Monika hat den Schlüssel und gibt ihn nicht heraus; sonst hätten wir nächstens selbst keins, glaubt sie. Wie nur das Frauenzimmer so dumm reden kann und ist doch 20 Jahre bei mir Köchin gewesen. Aber warte nur, du alter Küchentyrann, ich soll dich schon kriegen!«

Ensfried war während dieses Selbstgesprächs vorsichtig die etwas abschüssige Strecke neben der alten Maria-Ablass-Pfarrkirche – heute steht nur noch das Kapellchen – hinuntergestiegen und war fast bei dem schmalen Gässchen angelangt, welche vom Entepohl (Eintrachtstraße in neuhochdeutscher Übersetzung) zum Katzenbug führte. Dort hatte die liebe Jugend eine stattliche Bahn angelegt und rutschte herunter nach Herzenslust. Als sie den Dechanten gewahrten, machten sie schnell den Weg frei, aber kaum hatte Ensfried den Fuß auf den spiegelglatten Streifen gestellt, da glitt er aus und wäre hingeschlagen, wenn nicht ein vierschrötiger Kappusbauer aus der Weidengasse im letzten Augenblick ihn ge-schnappt hätte.

»Hopp hopp, Hochwürden«, sagte er und stellte Ensfried sorg-fältig wieder auf die Füße. »Das hat noch einmal knapp gut gegan-gen ... Wollt ihr euch wohl heimpacken, ihr Rabaukenvolk!«, schrie er. »Seht ihr nicht, was ihr beinahe für ein Unglück angerichtet hättet? Was, ihr steht noch da? Ich will euch Beine machen« – und er schwang seinen Stock, dass die Schar schreiend auseinan-derstob.

»Langsam, Heinz«, wehrte der Dechant ab. »Jugend hat keine Tugend, und wir haben es vor 50 und 60 Jahren geradeso gemacht. Kommt einmal her, ihr Jungens«, rief er den Kindern zu, die wieder herangesprungen kamen, ohne sich um den dicken Heinz zu kümmern. »Was habt ihr eben getan?«

»Die Bahn geschlagen, Hochwürden«, erscholl es im Chor.

»Dann schlagt sie weiter, aber passt auf, dass ihr kein Bein brecht.«

Im Nu war er von einem Rudel Kinder umdrängt, die ihm die Hand küssten und um Heiligenbildchen bettelten. Er kaufte sich mit dem Rest seines Vorrats los und ging weiter, war aber noch keine zehn Schritt gegangen, als ein zerlumpter alter Bettler ihm begegnete.

»Nun, Hermann, was gibt es denn schon wieder?«

»Was es gibt, Hochwürden? Wie könnt Ihr so fragen? Hunger und Kummer und Elend alle Tage, die Gott erschaffen hat. Wer mir das in meinen jungen Jahren vorausgesagt hätte, dass ich einstens noch um mein Brot betteln müsste!«

»Das habt Ihr, menschlich gesprochen, nicht verdient. Ein braver Arbeiter seid Ihr alleweil gewesen, und dass Ihr den rechten Arm brachet, war nicht Eure Schuld. Aber um Himmels willen, Mann, was habt Ihr für Hosen an? Die bloßen Beine sieht man ja durch die Löcher, und das bei dieser Kälte?«

»Ja, wenn ich andere hätte.«

Ensfried griff in die Tasche und zog seinen Beutel heraus. »Ach du lieber Himmel«, sagte er betrübt, »Job auf seinem Misthaufen hat nicht weniger gehabt. Wo ich doch nur immer mit dem Gelde bleiben mag! Erst gestern noch hat mein Neffe Friedrich mir einen Gulden geliehen, zum unwiderruflich letzten Mal, wie er sagte, was er freilich schon oft gesagt hat, und nun ist es schon wieder alle. Aber halt, so kann ich Euch nicht gehen lassen, wartet einen Augenblick.«

Zwischen der Pfarrkirche und einer hohen Gartenmauer lag ein kleiner Platz, kaum 30 Schuh lang und breit. An dieser Stelle wurde auf Palmsonntag ein Altar gebaut, von dem aus der Erzbischof dem Volke die Ablässe verkündigte und davon trug auch die Kirche den Namen. Ensfried spähte rechts und links: Kein Mensch war zu sehen, man hörte nur die Jungen auf der andern Seite der Kirche lärmen. Rasch schlüpfte Ensfried in den hintersten Winkel des kleinen Platzes.

Nach einigen Minuten kam er wieder heraus, in der Hand ein Päckchen tragend. »Hier, Hermann«, sagte er, »da habt Ihr etwas gegen die Kälte, und nachher kommt Ihr Euch bei mir die Suppe holen. Und jetzt behüt' Euch Gott, ich bin eilig.«

Ehe der Bettler antworten konnte, war Ensfried auf und davon und eilte an den »sechzehn Häusern« vorbei, die man jetzt kurioserweise Sachsenhausen nennt. Mitunter schaute er sich ängstlich um, als habe er einen schlechten Streich begangen und fürchtete, es komme ihm jemand nachgelaufen. Und es war auch ein Streich gewesen, aber von jenen einer, die unser Herrgott in dem großen Kontobuch auf die gute Seite schreibt.

Das Andreasstift war ein großer Gebäudekomplex, eine kleine Welt für sich. Im Hintergrunde, die übrigen Bauten hoch überragend, lag die stattliche Stiftskirche. Vor Kurzem war die Chorpartie fertig geworden, ein reich gegliederter Bau in Kleeblattform mit Kuppel und zwei Türmchen, ganz ähnlich wie die herrliche Choranlage von St. Aposteln, während das ältere Langhaus im Äußern einfachere Formen zeigte. Davor lagen, mit der Kirche ein mächtiges, den Kreuzgang umschließendes Viereck bildend, die andern Stiftsgebäude, die Propstei, das Kapitelhaus, der Schlafsaal, die Backstube und andere Wirtschaftsräumlichkeiten.

Ensfried hatte bei seiner Ernennung zum Dechanten die schöne Amtswohnung nicht bezogen; er überließ sie einem Kollegen gegen einen Zins, der pünktlich in die Taschen der Armen floss, und blieb in dem kleinen Hause gegenüber dem Stift wohnen, das er von seinen Eltern geerbt hatte. Das war nun schon 20 Jahre her; eben so lange schon wohnte sein Neffe Friedrich bei ihm. Ensfried hatte das früh verwaiste Kind zu sich genommen, und auch als Friedrich es glücklich bis zum Stiftsvikar gebracht hatte, blieben sie zusammen hausen. Das war für beide ein Glück. Der junge Mann wurde, nicht zum Mindesten durch den täglichen Umgang mit seinem Verwandten, ein wackerer Priester, und dass er dabei praktischen Sinn für die Dinge dieser Welt besaß, war gerade kein

Schaden. »Ich muss auf den Ohm achtgeben«, pflegte er zu sagen, »sonst kommt er mir noch ganz unter die Füße.« Ohne ein Knauser zu sein, war er in Geldsachen doch vorsichtiger als der alte Herr, und fand hierbei in der sehr wirtschaftlich angelegten Monika eine treue Bundesgenossin. Konflikte über Mein und Dein kamen nicht selten vor, aber länger als eine Stunde waren die beiden sich nie böse gewesen.

Friedrich, ein angehender Dreißiger von kräftigem Wuchs, saß in der guten Stube des Hauses, bei ihm zwei Hausfreunde; der Kanonikus Gottfried, der beim Domdechanten als Notarius fungierte, und der Kaufmann Hartlieb, eine breitschulterige Gestalt in reicher Bürgertracht mit einem unternehmenden, aber gutmütigen Gesicht.

»Hab ich's Euch nicht vorausgesagt, Ihr Herren?«, begann Friedrich. »Mittag ist schon vorbei, und wir warten und warten. Aber so macht er's immer. Gäste zu Tisch bitten, das tut er gern, und dann vergisst er's wieder. Soll mich verlangen, ob er für den werten Besuch überhaupt hat kochen lassen.«

»Nun, da könnt Ihr Euch doch beruhigen«, meinte der Kaufmann mit einem versteckten Lächeln; »sonst hätte die Monika uns längst die Ohren voll geklagt.«

»Das ist wahr, aber fast wundert es mich; und wenn ein armer Mensch gekommen wäre, so hätte er ganz sicher zum Mindesten sein eigenes Mittagessen verschenkt und das meinige vielleicht dazu, ich kenne das. Aber Ihr glaubt nicht, wie er's treibt, je länger je lieber. Das Dutzend Zinshühner, die am 1. September vom Merkenicher Hof einkommen, war am ersten Tage verschwunden. Auf Martini hatten wir eine fette Gans am Spieß, dass es durch das Haus duftete; aber gerade vor Mittag kommt ein Weiblein aus der Schmierstraße mit einem Suppentopf. Die Monika ist eben im Keller, um eine Flasche Gielsdorfer zu holen – das ist nämlich der beste, den wir haben, und er ist doch leicht genug – und im Augenblick hat er dem Weiblein die Gans zugeschustert. Als ich hinter das Unglück kam, war sie mit dem Braten auf und davon. Schwarzen Hunger hätte ich gelitten, hätte ich mich nicht bei Euch, Herr Gottfried, zu Gast gebeten.«

»Hoffentlich hat es Euch geschmeckt«, tröstete der Kanonikus.

»Ich danke; die Gans war gut und der Drachenfelser auch. Aber nun hört, welchen Schabernack er mir jüngst gespielt. Auf St. Andreas bringt der Klosterpächter von Widdersdorf uns jährlich sechs Schinken. Die nehme ich immer unter meine besondere Obhut; denn sie sind ein Gutteil der Pfründe, und der Bauer versteht sich auf die Mast. Täglich ging ich in die Vorratskammer und zählte die Schinken ab; wahrlich, ich war ganz erstaunt, dass noch keiner fehlte. Aber er hat mich schön hinters Licht geführt. Gestern steige ich auf die Leiter, um einen Schinken herunter zu holen, und was sehe ich? An der Mauerseite sind alle sechs angeschnitten, ein paar schon bis zur Mitte. Wer es getan hat, brauch ich Euch nicht zu sagen, und wer es bekommen hat, versteht sich von selbst.«

Hartlieb lachte herzlich, und auch der Kanonikus konnte sich nicht ernst halten. »Ja, ja«, sagte er, »das ist er, wie er leibt und lebt; und wenn man ihm Vorstellungen macht, wird er antworten: ›Was wollt Ihr? Ich habe doch dem Friedrich seine Hälfte gelassen!‹«

»Ganz richtig!«, rief Friedrich. »Genau seine Worte! Aber was nutzt mir das? Schinken essen muss er doch; oder meint Ihr, ich werde dem Ohm, der aus mir einen ordentlichen Menschen gemacht hat, die Bissen vorzählen?«

»So ist's recht, lieber Freund; und wenn Ihr's dem Ohm antun könntet, dem Heiligen würdet Ihr's nicht antun. Denn ein Heiliger ist er nun einmal, das lass ich mir nicht abstreiten. So lange ich ihn kenne, und das sind jetzt schon vierzig Jahre, hab ich nichts denn Gutes und Liebes an ihm gesehen. Ach, die schöne, goldene

Zeit, als er noch Pastor in Siegburg und ich ein Schulbub war! Es ist mir wie gestern, dass ich ihn zum ersten Male sah; freilich war's auch unter Umständen, die man nicht so leicht vergisst. Ich hatte Maikäfer in der Mütze mitgebracht und in der Schule fliegen lassen; zur Strafe wurde ich über die Bank gelegt, bekam das Fell gegerbt und schrie, dass man es über die Straßen hören konnte. Da kommt der neue Pastor herein, spricht mit dem Lehrer und bestellt mich auf den Nachmittag zu sich. Ich war ein arger Strick dazumal, bei dem jedes gute Wort verloren zu sein schien; aber geredet hat er zu mir, dass mir das Wasser in die Augen schoss, und als er mich zum Schluss auf seinen besten Kirschbaum schickte, habe ich bei mir selbst hoch und teuer versprochen: dem machst du keinen Verdruss mehr. Die ganze wilde Schule hat er herumgedreht, ohne ein böses Wort, mit Scherzen und Spielen und dann mit ernster Lehre. Wenn man ihm zu bedenken gab, ob er nicht durch seine Gutmütigkeit uns Taugenichtse erst recht in den Grund und Boden verderbe, pflegte er zu antworten: ›Lasset die Kindlein zu mir kommen, denn ihrer ist das Himmelreich‹, – und er hat recht behalten. Der ganze Sieggau hat uns um unsern Pastor beneidet; denn er war ein Priester nach dem Herzen Gottes, der Tröster der Witwen und der Vater der Waisen, aller Freund und Berater. Und als er nach Köln versetzt wurde, hat der ganze Ort geweint.«

»Er ist ein Engel im Fleische«, fiel Friedrich ein. »In der ganzen St.-Paulus-Pfarrei, die von unserm Stift pastoriert wird, und weit darüber hinaus, kriecht er in alle Löcher, darin Armut und Elend wohnen. Die Kleider gibt er vom Leibe weg, und für seine dürftigen Brüder in Christo ist ihm kaum das Beste gut genug. Wo er all das Brot, den Wein und das Geld hernimmt, das er tatsächlich verteilt, ist mir unbegreiflich. Freilich, im Leihen für andere Leute ist er nicht blöde – habe auch darin Erfahrungen gemacht. Wenn die Not an den Mann geht, so kommt es ihm nicht darauf an, zu tun, wie der hl. Christpinus, von dem sie erzählen, er habe Leder gestohlen, um Schuhe für die Armen zu machen – aber das ist nicht wahr. Neulich kommt er ins Backhaus, als gerade das frische Brot zu den Stiftsherren gebracht werden soll, sucht sich die besten Stücke aus und sagt den Herren einen schönen Gruß, und: recht sei es eigentlich nicht von mir, aber ich hätte das Brot nötig, und sie würden es wohl verschmerzen können. Im Kapitel sollte darüber ernstlich mit ihm darüber geredet werden, aber keiner hat es übers Herz gebracht. Wenn die hungrigen Schelme von Gremberg und aus der Bensberger Gegend kommen, um gestohlene Schänzchen feil zu halten, kauft er ihnen ganze Schiebkarren voll ab. ›Aber Ohm‹, sagte ich dann wohl zu ihm, ›was wollt Ihr denn damit anfangen?‹ – ›Ich?‹, antwortet er darauf; ›gar nichts, ich kann ja das Zeug nicht brauchen, aber die Leute brauchen das Geld.‹ Und doch ist er nicht bloß so ein sanfter Heinrich, der sich von aller Welt auf der Nase herum tanzen lässt. Über schlechte Priester, deren es ja leider manche gibt, habe ich ihn reden hören, dass mir das Herz im Leibe zitterte; und auf der Kanzel hält er dem Volk seine Sünden vor, dass es tönt, wie die Posaune des Gerichtes. Nur wer an ihm selbst eine Schlechtigkeit verübt, der hat einen Freibrief. Vor drei Wochen – ich hab es bis jetzt noch keinem erzählt, weil er's nicht haben wollte – sitzt er ganz allein zu Hause. Da kommt der verlaufene Schottenmönch Moëngal, den sie aus St. Martin fortgejagt haben, in die Stube mit dem Messer in der Hand, fasst ihn am Schopf und will Geld haben – der dumme Kerl! Als wenn der Ohm jemals Geld behielte, wenn er welches hat! Ich komme darüber herein und will dem sauberen Patron das Handwerk legen. Der Dechant aber sagt: ›Lass das, Moëngal hat bloß einen dummen Spaß gemacht; und nun geh hinaus, ich habe etwas mit ihm zu reden.‹ Was sie miteinander geredet haben, kann ich nicht vermelden; aber das weiß ich: Moëngal ist herausgekommen, leichenblass und die Augen voll Tränen, hat sein Lotterleben an den Nagel gehängt und tut jetzt in einem Kloster als Knecht schwere Buße.

Nein«, rief Friedrich, und schlug mit der Faust auf den Tisch, »auf den Dechanten lass ich nichts kommen, obwohl er schuld daran ist, dass ich manchmal noch ärgern Hunger leiden muss als gegenwärtig, und das ist wahrlich keine Kleinigkeit.«

Es klopft an der Haustüre. »Endlich«, riefen die drei wie aus einem Munde. Man hörte die alte Monika über den Flur schlurfen, und gleich darauf trat Ensfried ins Zimmer.

»Ei, sieh da«, begann Ensfried, den Gästen beide Hände entgegenstreckend, »das ist aber schön von euch, dass ihr mich heimsucht. Wollt ihr mein einfaches Mahl mit mir teilen, so sollt ihr von Herzen willkommen sein.«

»Oho, Gevatter«, antwortete Hartlieb, »Ihr dürft nicht gar so bescheiden sein. Heute wird's doch gewiss hoch hergehen? Ihr habt uns ja schon vorgestern eingeladen.«

»Eingeladen?« Ensfried sah sehr verlegen aus. »Ach richtig! O mein alter Kopf will nichts behalten; habe ja auch der Monika Auftrag gegeben. Verzeiht, dass ich es für einen Augenblick vergaß und Euch so lange warten ließ. Aber gleich wird angerichtet sein.«

Friedrich, dem schon wieder eine düstere Ahnung gekommen war, atmete erleichtert auf, führte den alten Herrn an den Kamin, und fing an, ihm den Pelzrock auszuziehen. Plötzlich fuhr er zurück, schlug die Hände zusammen und rief: »Um des Himmels willen, Ohm! Wo habt Ihr denn Eure Hose gelassen?«

Ensfried wurde rot bis über die Ohren, knöpfte den Rock schleunigst wieder zu und stotterte: »Meine Hose? Wie meinst du das? Aber wahrhaftig – hm – sie muss mir ausgefallen sein.«

»Jawohl, ausgefallen; nur habt Ihr so ein klein wenig dabei geholfen. Und wer hat sie denn aufgehoben? Oder liegt sie etwa noch auf der Straße?«

»Nein«, beruhigte der Dechant ihn, »auf der Straße liegt sie natürlich nicht – wie du nur so etwas denken kannst. Der Hermann mit dem lahmen Arm hat sie mitgenommen.«

»Da habt ihr ihn wieder, wie er leibt und lebt«, brummte Friedrich, während Ensfried aus dem Zimmer lief. »Den Tod könnte er sich holen bei der Kälte. Lass doch das dumme Lachen bleiben, Hartlieb! Und Ihr, Herr Gottfried, braucht nicht so gerührt auszusehen wie ein Leichenbitter.« Dabei wischte er sich selbst die Augen.

Fünf Minuten darauf kam Ensfried zurück. Der Pelzrock war verschwunden, und was er an den Beinen trug, war zwar nicht schön, aber es war doch eine Hose.

»So«, sagte er vergnügt, »der Schaden wäre schon wieder gutgemacht. Nun aber kann's auch losgehen.« Er steckte den Kopf zur Türe hinaus. »Monika, wird's bald? Die Herren sind hungrig.«

Aus der Küche über dem Flur antwortete ein unverständiges Knurren. Jetzt erschien ein hageres Weib, grauhaarig und runzelig, aber noch stramm auf den Beinen. In der einen Hand trug es einen halben Schinken, in der anderen einen Laib Brot, legte beides auf den Tisch und brummte: »Das ist das Essen, ich wünsche guten Appetit.«

Die beiden Geistlichen wechselten einen verständnisvollen Blick, während der Kaufmann hell auflachte. Ensfried aber fragte streng: »Was soll das heißen? Bringet die Suppe herein und lasset die Possen bleiben.«

»Was, Possen?«, rief Monika empört und stemmte die noch kräftigen Arme in die Seiten. »Den ganzen Morgen habe ich gesotten und gebraten im Schweiße des Angesichts; eine Stunde vor dem Angelus laufe ich Hals über Kopf in die Rattenfalle, um ein paar Flaschen Wein auf Borg zu holen; denn das Restchen im Keller war schon wieder auf die Wanderschaft gegangen, was weiß ich wohin? Und als ich wiederkomme, sind die Hühner verschwunden, der Braten desgleichen, und der Dechant nicht minder. Geweint hab ich vor Zorn und mich geschämt, es dem Herrn Friedrich zu sagen. He, ist der krumme Jörg wieder dagewesen oder die

Kathrin mit den vier Waisenkindern? Wie oft hab ich euch gebeten, wenigstens das Mittagessen stehen zu lassen! Aber dann bekomme ich zum Bescheid: ›Gebet, so wird euch gegeben werden.‹ Na, gegeben habt Ihr wieder einmal, nun könnt Ihr auch sehen, wo Ihr was kriegt. Ach, dass ich so etwas erleben muss!« Monika schlug die Schürze vor die Augen und schluchzte.

Ensfried sah hilflos im Kreise herum. Da sagte Hartlieb: »Gevatter, lasst Euch's nicht anfechten. Ich glaube, Eure Köchin hat sich nur einen Scherz gemacht. Seht einmal in der Wohnstube nach, dort wird sie wohl angerichtet haben.«

Zögernd öffnete Ensfried die Tür zum anstoßenden Zimmer. Der kleine Tisch, hinter welchem sein Lehnstuhl stand, war mit feinem Linnen gedeckt, einladend duftete es aus der Suppenschüssel, und auf dem Nebentisch dampfte ein mächtiger Braten zwischen blinkenden Flaschen.

»Wahrhaftig«, rief Ensfried erstaunt. »Aber wie ist das möglich? Die alte Kathrin ist doch wirklich dagewesen, und ich hab ihr vielleicht etwas mehr mitgegeben, als nötig war. Monika, wie habt Ihr das fertiggebracht?«

Die Köchin aber schüttelte den Kopf und lachte und weinte durcheinander.

»Seht Ihr, Herr Dechant«, sagte Hartlieb, »Ihr habt wieder recht behalten: Gebet, und es wird gegeben werden. Ein Glück war es freilich, dass ich früh genug kam, um in Eure leeren Töpfe zu gucken und ein wenig zu sorgen, dass ich nicht um mein Mittagessen käme. Und nun setzt Euch, alter Freund, und lasst es Euch schmecken; und wenn Ihr nichts dagegen habt, holt sich Monika auch einen Teller.«

Die Gäste waren gegangen. Ensfried saß noch in seinem Lehnstuhl, behaglich das letzte Glas Wein schlürfend, und sagte zu seinem

Neffen: »Siehst du, Friedrich, unser Herrgott lässt mich nicht im Stich.«

»Das mögt Ihr wohl sagen; oder ich fürchte doch, er schickt Euch nicht alle Tage einen Gast wie Hartlieb ins Haus. Und wie denkt Ihr Euch eigentlich, dass das Ding fürder gehen soll? Ihr habt mir den letzten Gulden abgeliehen, habt selbst keinen Heller in der Tasche und von unsern Pfründen wird in den nächsten Wochen nichts fällig. Was nun? Geld leihen? Ihr steht schon ziemlich in der Kreide, und mir borgt kein Mensch. Mancher tat es schon gern, sagt aber: ›Das wäre Butter an den Galgen geschmiert; denn der Ohm nimmt es ihm doch wieder ab.‹ Wenn Ihr uns nicht eines schönen Tages gar das Haus über dem Kopfe verkauft!«

Ensfried wurde rot, antwortete aber ruhig: »Sei doch nicht so ängstlich, mein lieber Junge. Hätte ich nicht mein Lebtag so fest auf das Wort der Heiligen Schrift gebaut von den Vögeln des Himmels, die unser himmlischer Vater ernährt, von den Lilien des Feldes, die nicht arbeiten, nicht spinnen, und doch schöneres Gewand tragen, als Salomon in all seiner Herrlichkeit, ich wäre längst vor Kummer und Sorge in die Grube gefahren. Schau, als deine Mutter selig verstarb und ich dich in mein Haus aufnahm, hatte ich so viel Vermögen wie du auch, nämlich keinen Groschen. Wie du nun am ersten Abend in deinem Bettchen lagst, war mir gar bedrängt ums Herz, bis mir der Satz einfiel: ›Wer da ein Kind aufnimmt in meinem Namen, der nimmt mich auf.‹ Ich schlief getröstet ein, und am folgenden Morgen fand ich zehn Dukaten in einem alten Strumpf. Ob der Herr einen seiner Engel zu mir armen Sünder geschickt, ob er eines guten Menschen Herz gerührt hat, ich weiß es nicht. Seitdem habe ich immer fröhliches Gottvertrauen gehegt; knapp ging es zwar öfters, aber Hunger haben wir doch selten gelitten. Du hast mir Segen ins Haus gebracht und Freude für meine alten Tage.«

Friedrich saß da mit feuchten Augen. »Gott lohne Euch, Ohm«, sagte er leise, »was Ihr an mir getan, und fern sei es von mir, wider Euch zu murren. Indessen, ich sehe kein Loch mehr dadurch. Heute Abend können wir noch ein Stück von unserm Schinken essen – von meinem Schinken eigentlich«, fügte er lächelnd bei. »Ihr wisst ja – aber morgen ist Freitag, und da hört das Fleischessen auf.«

»Ach was«, unterbrach ihn der Dechant, »mahnt uns doch Christus: ›Sorget nicht auf morgen; denn der morgende Tag wird sorgen für sich selbst.‹ Und da fällt mir ein«, fuhr er weiter fort, »gerade auf morgen, ob er's gewusst hätte, hat uns der Erzbischof Philipp zum Mittagessen eingeladen. Gewiss, du hast recht, ich hätte manchmal eifriger sorgen sollen für das tägliche Brot, schon um deinetwillen und wegen der Monika, der treuen Seele; auch wär' es gut gewesen, ich hätte mehr daran gedacht, was nach meinem Absterben aus euch beiden werden soll, – denn lang wird's nicht mehr dauern, bis Gott mich abruft. Aber zum Wohltun hat es mich immer wie mit Gewalt gezogen. Höre, mein Sohn, was mir in den Tagen meiner Jugend begegnet ist. – Du bist der erste, dem ich es erzähle, und auch dir bekenne ich es nur, weil ich fühle, dass mein Pfad sich abwärts zum Grabe senkt. Mir träumte in einer Nacht – ich war noch ein junger Kleriker und lebte in den Tag hinein wie so mancher andere – ich ging über den Kirchhof. In der Mitte desselben sah ich einen hohen schwarzen Grabstein, und auf dem Hügel davor kniete eine dunkle Gestalt, deren Antlitz ich nicht zu erkennen vermochte. Da leuchtete es auf in der Finsternis, auf dem Grabstein erschien in Flammenschrift die Zahl V, und bei ihrem Lichte erkannte ich das Gesicht der Gestalt: Sie trug meine Züge. Sie stand auf, deutete auf die Ziffer und schaute mir fest in die Augen. Ich wollte fliehen; aber meine Füße waren wie festgewurzelt, und unverwandt musste ich auf das Gespenst und die schreckliche Zahl sehen Als ich in Schweiß gebadet erwachte, war es mir, als habe ich stundenlang so gestanden und auf mein eigenes Grab geschaut. Ein erschreckliches Erwachen war es! Hatte der Himmel eine Mahnung gesendet, oder hatte der Fürst der Finsternis sein Blendwerk mit mir getrieben? Was bedeutet die Zahl? Stunden oder Tag oder eine längere Frist? Da regte sich in mir Todesangst, die Verzweifelung und die Stimme des Versuchers: ›Was hast du nun gehabt und genossen von deinem jungen Leben? Fünf Jahre, das wird's allerhöchste sein, was dir noch bleibt. Benutze die Zeit, ergib dich der Welt und ihren Freuden; und wenn du nun einmal Priester sein musst, so sei es wie so manche andere, die sich an der Ehre und der Pfründe genügen lassen.‹ Gott sei Dank, ich habe gekämpft und gesiegt, und von jener Stunde ab bin ich ein ernster Mann geworden, alle Tage des Wortes Christi gedenkend: ›Niemand kennt den Tag und die Stunde, da der Herr kommen wird‹, und der süßen Verheißung: ›Was ihr dem geringsten meiner Brüder tut, das habt ihr mir getan.‹ Ihm dienend in seinen Brüdern, habe ich des himmlischen Bräutigams geharrt, und als ich das fünfte Jahr in Kraft und Gesundheit vollendete, da war die Eitelkeit der Welt aus meinem Herzen geschwunden. Jetzt sind zehnmal fünf Jahre vorbei seit jener Nacht, und vielleicht morgen schon darf ich sprechen: ›Nun lass, o Herr, deinen Diener in Frieden fahren.‹«

Mit tiefem Ernst hatte der Greis gesprochen. Friedrich antwortete nicht. Er kniete nieder, küsste des Oheims Hände und legte sie zum Segen auf sein Haupt.

Andern Tages gingen Onkel und Neffe zur Erzbischöflichen Pfalz am Domhof, einem breiten, niedrigen Bau mit gekuppelten Rundbogenfenstern, aus denen man einen schönen Blick auf den Rhein, den alten Dom und die anstoßende Stiftskirche Maria zu Stiegen hatte. Mit freundlicher Würde empfing sie Erzbischof Philipp von Heinsberg, der als Anhänger und später als Gegner des Kaisers Friedrich Rotbart so gewaltig in die Geschicke des Reiches eingegriffen hatte. Ein Priester, wie er sein soll, war er nicht gewesen; das Schwert hatte er besser geführt als den Bischofsstab, und im Rate der Fürsten saß er lieber als in der Synode. Wunderdinge erzählte man sich von ihm, wie er noch als Domdechant zu des Erzbischofs Rainald Tagen dem Pfalzgrafen die Burg Rheineck mit keckem Handstreich weggenommen und bei Tusculanum geholfen habe, die Römer aufs Haupt zu schlagen. Schwere, aber siegreiche Fehde hatte er geführt gegen Herzog Heinrich den Löwen, und wenig fehlte, so hätte er selbst mit dem Kaiser einen Waffengang gemacht. Jetzt war er älter und ruhiger geworden, sorgte eifrig für die Vergrößerung und Verwaltung des Stiftsgebietes und kümmerte sich auch um das Seelenheil seiner Herde mehr als in den frühern, kriegerischen Zeiten. Übrigens war er ein leutseliger Herr, der einen Spaß vertragen konnte, und Ensfried von Herzen gewogen.

Außer diesem und seinem Neffen waren nur wenige Gäste anwesend: der Dompropst Konrad, der Domdechant mit seinem Notarius Gottfried, sowie einige andere Stiftsherren und Ministerialen. Das Essen war einfach, aber gut, und der Wein wurde nicht gespart. Beim Nachtisch warf der Erzbischof zufällig einen Blick zu Ensfried hinüber. Er sah wie dieser rasch was in die Tasche steckte und dabei verstohlen umschaute, ließ sich aber nichts merken.

Als die Tafel ausgehoben war und die Gäste sich empfehlen wollten, nötigte Philipp sie, gegen seine Gewohnheit, noch etwas zu verweilen. In einem Nebengemach setzen alle sich um den lodernden Kamin und plauderten von diesem und jenem. Unmerklich lenkte der Erzbischof die Unterhaltung auf Ensfried, und ehe dieser es sich versah, war schon unter allgemeiner Heiterkeit ein halbes Dutzend lustiger Stücklein erzählt, in denen er die Hauptrolle spielte. Auch die Hosengeschichte wurde nicht vergessen. Hartlieb musste wohl geschwätzt haben; denn Friedrich und Gottfried, welchen der Dechant einen vorwurfsvollen Blick zuwarf, versicherten hoch und teuer, sie hätten nichts verraten.

Der Erzbischof strahlte vor Vergnügen. »Das war brav von Euch, wenn auch unvernünftig, mein lieber Ensfried«, sagte er herzlich, »an Euch können wir, was das Wohltun betrifft, uns alle ein Exempel nehmen; und was die Hauptsache ist: Niemals weiß Eure Rechte, was die Linke tut. Ich glaube, das erstreckt sich bei Euch sogar auf die Beine. Kurz, Ihr seid ein rechter Haushalter des Herrn, und gewiss geht Ihr nimmer vor die Türe, ohne etwas zum Verschenken mitzunehmen. Seht doch einmal, ihr Herren, was er wieder für dicke Taschen hat. Gewiss ein paar Dutzend Äpfel für die Kinder: Morgen ist ja Sankt-Nikolaus-Tag. Zeigt einmal her, Herr Dechant, ob Ihr auch eine gute Sorte habt; sonst gebe ich Euch bessere.«

Ensfried wurde feuerrot. »Verzeihen Eure Gnaden«, stotterte er, »es sind keine Äpfel, wirklich nicht. Es sind – ich dachte – ich wollte –«

»Nur keinen Widerspruch, bei meiner Ungnade. Heraus mit dem schweren Gepäck! Was? Ihr wollt noch immer nicht? Herr Domdechant, helft dem Kollegen ein wenig.«

Im nächsten Augenblick waren Ensfried die Taschen umgedreht, und zum Vorschein kam ein artiger Vorrat feines Weizenbrot und Backwerk.

»Was?«, rief der Erzbischof mit dem ernstesten Gesicht, das er aufsetzen konnte: »Leckerbissen von unserer erzbischöflichen Tafel? Das ist stark! Ensfried, wisst Ihr etwa noch, wie das siebente Gebot lautet?«

»Du sollst nicht stehlen«, antwortete Ensfried, halb beschämt, halb trotzig, »und gestohlen habe ich auch nicht. Ihr habt es richtig geraten, hochwürdigster Herr, ich wollte ein bisschen St. Nikolaus spielen heute Abend, hatte aber kein Geld; und da habe ich mir denn geholfen, wie es eben ging. Von all den guten Dingen, die ihr da seht, habe ich keinen Bissen gegessen, sondern mir mein Teil in die Tasche gesteckt. Am liebsten hätte ich es auch mit dem Wein so gemacht; aber das ging leider nicht, und darum habe ich ihn auf Euer Wohlsein getrunken.«

Die ganze Gesellschaft schüttelte sich vor Lachen. Nur der Erzbischof bewahrte seine finstere Miene, obwohl es ihm hart ankam, und sagte stirnrunzelnd: »Ihr habt sehr unrecht getan, Herr Dechant. An userm Tische darf kein Mensch etwas zu sich stecken, es sei denn in seinen Mund. Ihr hättet nur Euer Teil genommen, meint Ihr? Dann beneide ich Euch um Euren guten Magen; denn was da liegt, ist ja ein ganzer Haufen und genug fast für drei Mann – und mit dem Wein, nun, das hätte noch eben gefehlt. Aber das kommt von Eurem ewigen Heimlichtun. Ein Wort von Euch, und ich hätte Euch ein paar Körbe voll für die Kleinen mitgegeben. Aber nein, das muss immer so hinten herum gehen. Strafe muss sein. Die härteste Buße für Euch ist wohl, dass Ihr Eure Schelmenstreiche in meiner Gegenwart anhören müsst. Wohlan, ihr Herren, wer von dem Dechanten von St. Andreas noch etwas recht Böses weiß, der soll es berichten.«

Ensfried seufzte, aber er glaubte doch die gute Meinung zu merken und wartete geduldig auf das, was kommen sollte. Die andern flüsterten eine Weile untereinander, hier und da hörte man sie kichern.

Dann begann der Kanonikus Hermann von St. Gereon: »Mit Verlaub, Herr Erzbischof, ich habe schlimme Dinge zu melden; und kaum sollte man glauben, dass ein so frommer Mann solches verüben könnte. Als wir im Oktober Patrozinium feierten, waren zwei Prämonstratenser von Steinfeld herübergekommen, um uns bei Predigt und Beichthören auszuhelfen. Auf den letzten Tag lud Ensfried die Mönche und mich zu Gast. Nun dürfen die Prämonstratenser kein Fleisch essen; Fisch aber war in der ganzen Stadt nicht zu haben, es sei denn solcher, den man riechen konnte. Jetzt vernehmet die arge List. Ensfried hat zur Köchin gesagt: ›Monika, mach' uns ein gutes Schweinragout, aber ohne Knochen; tu tüchtig Essig und Pfeffer darin, damit man nicht recht schmecken kann, was es ist. Wenn du dann aufträgst, musst du sagen: ›Feiner Seefisch, ihr Herren, wohl bekomm's euch.‹‹ So ging es denn auch. Ich merkte gleich, was los war; aber die beiden Mönche, die nie einen Seefisch gesehen hatten, aßen in aller Unschuld. Auf einmal nimmt der eine etwas von dem Teller, stößt seinen Gefährten an, denn zu sprechen verbietet ihnen die Regel, wenn sie nicht gefragt werden – und zeigt es ihm. Was war's? Ein Schweinsöhrchen! Der Dechant aber ist ganz wild geworden und hat gerufen: ›Bruder Heinrich, was treibt Ihr da für dummes Zeug? Mönche sollen nicht vorwitzig sein, sondern essen, was ihnen vorgesetzt wird. Oder meint Ihr etwa, dass Seefische keine Ohren hätten wie andere Fische auch?‹«

Ein herzliches Gelächter ertönte. Nur der Erzbischof blieb ruhig und bemerkte trocken: »Saubere Späße das! Ensfried, was soll das heißen?«

»Es war kein Fisch zu haben«, antwortete der Dechant kleinlaut, »und ich konnte die guten Mönche doch nicht hungrig wieder abziehen lassen. Außerdem ...«

»Schon gut, auf der nächsten Synode sprechen wir uns genauer. Bis dahin kommt Ihr alle Freitage zu mir speisen, damit ich Euch besser unterrichte in den Geboten der Kirche und nebenbei auch, ob die Fische Ohren haben oder nicht. Genug davon! Wer ist jetzt an der Reihe?«

»Verzeiht, gnädiger Herr«, begann der Ministeriale Emicho, »meine Geschichte ist nichts weniger als fein; aber ich vertraue, dem Laien werdet Ihr es nicht verübeln. Ich will es ganz ehrbar und wahrheitsgetreu berichten, und wenn es Euch nicht gefällt, so habe ich keine Schuld. Ihr kennt vielleicht den Krämer Dietrich in der Johannesstraße und sein Weib Adelheid. Nicht? Nun, ich dachte, weil in der ganzen Stadt so viel von der Sache geredet worden ist. Die beiden lebten also seit Jahren in Unfrieden. Böse waren sie eigentlich nicht, aber ein gar verdrießliches Ehepaar. Er hatte allzeit Sorgen im Kopf und Wolken auf der Stirne, und sie machten das Wetter nicht besser. Manchmal ging er auch seinen Ärger vertrinken, und wenn er dann mit einem dicken Kopf heimkam und sie ihm in den Weg lief und ihm böse Worte gab, so schlug er sie braun und blau, was ihm dann des Morgens natürlich leid tat. Zum Überfluss ging es ihm eine Zeit lang nicht besonders im Geschäft. Da fing er an, zu kargen und zu sparen und der Frau kaum das Notwendigste zu geben. Darüber wurde sie noch immer bitterer und saurer, erachtete ihn für einen Wüterich und Geizkragen, und als er einmal die Theke offen stehen ließ, nahm sie ihm 20 Gulden fort. Das setzte einen schönen Sturm! Er tobte wie ein Unsinniger, hat auch gleich Verdacht auf Adelheid geworfen; aber sie leugnete hartnäckig, und beweisen konnte er es nicht. Nun, es schadete ihm nicht viel; das Geschäft ging wieder besser, und so wäre wohl Gras über die Sache gewachsen, wenn nicht das Gewissen der Frau geschlagen hätte. Ausgegeben hatte sie das Geld nicht, sondern nur als einen Notpfennig zurückgelegt für den Fall, dass ihr Eheherr noch knickeriger würde. Aber es brannte ihr auf dem Herzen, und schließlich ging sie zu Ensfried und gestand ihm alles – ich darf es ruhig erzählen; denn es war nicht in der Beichte, und es ist endlich doch alles herausgekommen. Der Dechant hat ihr natürlich den Kopf gewaschen und ihr klargemacht, sie müsse das gestohlene Gut zurückgeben; aber das wollte sie nicht. Dann schlüge ihr der Dietrich die Knochen entzwei, weil sie gestohlen habe und obendrein gelogen, sagte sie; auch könne sie das Geld nicht wieder in die Theke legen, wie Ensfried ihr riet, ihr Mann werde schon merken, wie das zugehe, und dann käme die Sache zum nämlichen Ende. Darauf hat Ensfried den Kopf geschüttelt und nach reiflicher Überlegung des schwierigen Falles gesprochen: ›Das ist eine so verwickelte Sache, wie sie mir noch nicht vorgekommen ist, ein förmlicher *casus*; aber ich will versuchen, alles wieder in die Reihe zu bringen. Geht jetzt heim, Frau Margaret, und werft das Sündengeld – mit Respekt zu melden, Herr Erzbischof – in den Abtritt.‹«

»Unerhört«, rief Philipp, dem es verdächtig um die Mundwinkel zuckte. »Wahrlich, Ensfried, Ihr seid mir ein schöner Seelenarzt.«

»Ei, so lasst doch den Mann erst fertig erzählen«, erwiderte Ensfried, diesmal ganz ärgerlich. »Ihr wisst ja noch nicht, wie das Ende lautet.«

»Es tut mir leid zu sagen«, fuhr Emicho fort, »dass das Weitere fast noch schlimmer ist als der Anfang. Die Frau hat getreulich getan, was der Dechant ihr riet, und gemeint, nun sei alles in Ordnung. Herr Ensfried aber – und darin muss ich ihm recht geben – ward der Ansicht, so lange die 20 Gulden nicht wieder in die Hände des Eigentümers kämen, sei es ganz einerlei, ob sie unten lägen oder in Frau Margarets Tasche, und die Schwierigkeit fange jetzt erst an. Nun vernehmet die listige Tat. Er geht zu Dietrich, der, ganz erstaunt über den hohen Besuch, einen Kratzfuß nach dem andern macht, spricht vom Wetter und allerhand Sonstigem, und als der Krämer vor Stolz und Freude kaum noch weiß was er sagt, fragt er ihn vor den Kopf: ›Wenn ich euren – *salva venia*, Herr Erzbischof – Abtritt fegen lasse, darf ich dann behalten, was ich darin finde?‹ Der Mann sagt in seiner Verdutztheit ja und versichert sogar, es werde ihm eine große Ehre sein; nur müsse der Herr Dechant die Kosten bezahlen, denn umsonst bekommt man in Köln gar nichts mehr, den Rest könnt Ihr erraten. Die 20 Gulden sind gefunden worden, was allerdings nicht ganz leicht war, und Ensfried hat sie noch desselbigen Tages den Armen gegeben.«

»Abscheulich«, rief der Erzbischof, sich auf die Lippen beißend. »Herr Dechant, was habt Ihr zu Eurer Verantwortung zu sagen?«

»Dreierlei«, antwortete Ensfried keck. »Erstens gehörte das Geld eigentlich auch der Frau, und der Mann hat ihr nicht genug gegeben; zweitens war es doch verloren, so oder so; und drittens hab ich's ja nicht für mich behalten. Auch könnte man viertens sagen –«

»Hört auf, hört auf!«, unterbrach ihn Philipp. »Ihr seid ja ein Moralist, bei dem einen angst und bange wird. Berichtet mir lieber, wie es mit dem Dietrich und der Adelheid abgelaufen ist.«

»Das war's ja gerade, was ich noch bemerken wollte. Gut ist's abgelaufen, sehr gut. Zwar hat er gleich erraten, wie alles zusammenhing, und ein paar Augen gemacht, als wollte er gleich über sein zitterndes Weib herfallen. Aber da kannte er mich schlecht: Eine volle Stunde habe ich in ihn hineingeredet, bis ihm das Weinen kam und er mir in die Hand versprach, alles solle vergeben und vergessen sein. Und er hat fein Wort gehalten«, schloss Ensfried triumphierend, »die beiden leben jetzt wie die Engel im Himmel, als ein Exempel für die Nachbarschaft, und alle Jahre schicken sie mir auf meinem Namenstag den größten Kuchen aus ihrem Laden.«

»Das entschuldigt Euch einigermaßen«, sagte Philipp; »vor die Synode freilich gehört auch dieser Fall; es scheint, Ihr bekommt ein langes Register. Aber aller guten Dinge sind drei: Herr Dompropst Konrad, Ihr seht mir so aus, als wenn Ihr etwas wüsstet!«

»Ja, leider«, entgegnete der Gefragte, »und zwar betrifft es mich selbst. Auf Martini sind's schon drei Jahre geworden, seit ich ihm sein Haus abgekauft habe. Viel wert war es nicht, denn es lasten Erbzinsen darauf; aber der Preis war gut, und ich habe ihn bar bezahlt. Ich habe zuerst lange gewartet, bis ich ihn mahnte, ganz freundlich und gelinde. Anfänglich hatte er mich vertröstet und Ausflüchte gemacht, er habe noch keine andere Wohnung gefunden und so weiter, endlich aber hat er mir fast ins Gesicht gelacht und

56

mich dreist beschieden: ›Mein lieber Konrad, du siehst doch, dass ich ein alter Mann bin, mit dem es sicher nicht mehr lange dauert; warte noch ein klein wenig, dann bekommst du mein Haus von selbst. Bis dahin aber muss ich doch irgendwie Unterkunft haben.‹ Das Geld ist nämlich längst fort. So ließ ich mich immer wieder hinhalten, und er ist imstande, hundert Jahre alt zu werden. Jetzt aber bin ich's müde: Morgen Vormittag, Herr Dechant, komme ich zu Euch und nehme mein Haus in Besitz.«

»Ohm, Ohm«, rief Friedrich, »was habt ihr da angestellt? Nichts habt Ihr mir davon gesagt, – freilich hab ich's längst kommen sehen.«

Der Erzbischof warf einen raschen Blick auf den Propst, von dem alle Welt wusste, dass er keiner Fliege ein Leid antun könne, und wandte sich ruhig wieder zu Ensfried: »Das ist eine sehr schlimme Geschichte, Herr Dechant. Ist Euer Haus wirklich Herrn Konrad verkauft und anggeschreint? – Ja? Dann kann Euch kein Mensch mehr helfen, darin verstehen die Kölner Schöffen keinen Spaß. Oder wisst Ihr etwa noch einen Ausweg?«

Ensfried war blass geworden. Er warf Friedrich einen bittenden Blick zu und drückte ihm leise die Hand. Eine Weile schaute er stumm zu Boden. Dann zog ein Leuchten über das liebe Gesicht, er hob den Kopf und sagte: »Es ist gut, Herr Konrad. Ihr seid in Eurem Recht. Morgen sollt Ihr Euer Haus haben; ich habe bis dahin ein anderes, klein zwar, aber groß genug für mich … Und nun gebt mir Urlaub, Herr Erzbischof, ich muss zur Vesper.«

Die Gäste entfernten sich, nur der Dompropst blieb zurück. Philipp fragte lächelnd: »Nun?«

»Verzeiht, dass ich mit dem guten Manne einen Scherz trieb«, antwortete jener. »Ich wusste wohl, Ihr würdet mir nicht zutrauen, dass ich den ehrwürdigen Greis auf die Straße jagen könne. Aber er selbst glaubt es am Ende, und das täte mir leid. Indessen, ein kleiner Schrecken macht ihn wohl vorsichtiger für die Zukunft. Um die dritte Morgenstunde werde ich zu ihm gehen.«

»Ich komme auch«, schloss der Erzbischof, »und für die ausgestandene Angst will ich ihm eine Freude machen.«

Als Ensfried mit seinem Neffen aus der Vesper nach Hause kam, stand ein mächtiger Korb auf dem Tische, vollgepfropft mit Obst und Backwerk; nur zwei Eckchen waren freigeblieben, und in jedem stak eine Flasche Wein.

»Sieh, da«, rief Ensfried fröhlich, »das kommt gewiss vom Erzbischof. Kommt einmal herein, Monika! Habt Ihr schon gesehen? Da ist wohl St. Nikolaus hier gewesen?«

»Jawohl«, antwortete die Alte grämlich, »und der Knecht Ruprecht auch; der hat sich nach Euch erkundigt. Schade, dass er Euch nicht traf: Sein großer Sack war wie gemacht für Euch; dann hättet ihr doch eine Wohnung gehabt. Ach, ich weiß schon alles«, schloss Monika und trocknete sich die Augen.

»Ach was«, tröstete Ensfried, »das wird sich morgen schon finden; und heute ist Nikolausabend. Hier, Monika, ist Euer Teil von der Bescherung; jetzt gehen wir zu den Kindern. Ihr tragt uns den Korb, und wenn wir zurückkommen, trinken wir ein Glas Wein zusammen.«

Die Nacht war hereingebrochen, während die drei von einer Hütte zur andern gingen. Und ein schöner Gang war es. Selbst Monika wurde vergnügt, als ihr Korb immer leichter wurde und sie in all die strahlenden Kindergesichter sah. Die meiste Freude aber hatte Ensfried selbst. Hatte er die Kleinen beten lassen, so spielte er mit ihnen, dass lauter Jubel durch die ärmliche Stube scholl, und auch für die Alten hatte er immer ein freundliches Wort. War er auf der Straße, so dauerte es ihm zu lange, bis er wieder in ein neues Haus kam. »Lauft doch nicht so, Ohm«, mahnte ihn Friedrich; »Ihr rennt Euch ja die Seele aus dem Leibe.«

Er aber lachte und antwortete: »Glaub schon, dass du nicht beibleiben kannst; ich bin heute Abend dreißig Jahre jünger geworden.«

Als sie spät am Abend heimkehrten, wollte Friedrich mit dem Ohm noch ein vernünftiges Wort reden, was denn nun andern Tages werden solle, wenn der Dompropst wirklich das Haus begehre. Ensfried aber ließ ihn nicht einmal aussprechen. »Lass ihn nur kommen«, sagte er, »ich spiele ihm einen Streich, über den er sich wundern soll; und am Nikolausabend will ich mich nicht mit Sorgen plagen. Hier dieses Glas bringe ich dir, Friedrich, zum Dank für alles, was du an mir getan – Monika, wollt Ihr Euch wohl einschenken! – und wenn ich nicht mehr bei dir bin, dann denk an mich und meine arme Seele und halte mir die Monika in Ehren; sie hat's verdient trotz all ihrem Knotern. Und nun angestoßen!«

Die Gläser klangen zusammen; Monika knickste gerührt, und Friedrich meinte kopfschüttelnd: »Der Ohm ist aber heut Abend ausgelassen.«

St. Nikolaus war gekommen, ein schöner, klarer Wintertag. Die Sonne blitzte auf dem Schnee und schaute freundlich in das Stübchen, in welchem Ensfried auf seinem Lehnstuhl saß. Lange vor Tagesanbruch war er aufgestanden, obwohl es ihm dumpf im Kopf und schwer in den Beinen war. Friedrich hätte ihn gern aus der Kirche gehalten; aber das war verlorene Mühe. Nachdem er die heilige Messe gelesen, kniete er noch lange auf den kalten Steinen in inbrünstigem Gebet. Ganz durchfroren kam er heim. Das Frühstück rührte er kaum an. Es fehlte ihm nichts, sagte er, er sei ein wenig kalt und müde; man möge ihn ein Stündchen allein lassen, Ruhe und Wärme würden ihn schon wieder in Ordnung bringen.

So saß er schon eine gute Weile, die Hände über den Knien gefaltet, die Augen auf ein Kruzifix gerichtet, das zwischen einem Bilde des heiligen Nikolaus und dem Kindlein in der Krippe an der Wand hing. Sein Gesicht zeigte bald tiefen Ernst, bald ein glückliches Lächeln. Jetzt öffneten sich die schmalen Lippen: »Zu Bethlehem geboren ist uns ein Kindelein«, klang es in leisen, zitternden Tönen. »Es will nicht mehr mit dem Singen«, murmelte er; »ich komme, Herr Jesus, ich komme.« Dann war es ganz still.

Vorsichtig trat Friedrich in das kleine Gemach. »Ist's Euch wieder besser, Herr Ohm?«, fragte er leise. »Er schläft«, flüsterte er und ging auf den Zehen zum Sessel. Jetzt schaute er dem Greis ins Gesicht und fuhr jäh zusammen; hastig griff er nach des Oheims Hand, kalt und schlaff lag sie in der seinen, und mit lautem Wehruf stürzte er hinaus, um Hilfe zu holen.

Eine Stunde war vorüber! Ensfried lag regungslos auf seinem Lager; daneben standen Erzbischof Philipp, der Dompropst, Rutger, der Arzt und Hartlieb, dem die Tränen über die Backen liefen. Friedrich und Monika knieten schluchzend am Boden. In aller Eile hatte man ihm die heilige Ölung gespendet und zur Ader gelassen. Es sei ein Schlaganfall, meinte Rutger; vielleicht werde er noch einmal zu sich kommen, aber dann werde es auch rasch zu Ende gehen.

Jetzt schlug Ensfried die Augen auf und lächelte sanft, als er all die bekannten Gesichter sah. »Ihr seid hier, Herr Erzbischof?«, kam es mühsam und abgebrochen von seinen Lippen. »Das ist schier zu viel der Ehre. Seht Ihr Konrad, ich halte Wort: Mein neues Haus ist bereit, auf dem Kirchhofe von St. Andreas, und die Möbel zimmert mir der Schreiner in drei Tagen. So lange müsst Ihr Euch freilich gedulden.«

»Vergebt mir das törichte Wort«, sagte der Dompropst schmerzlich; »in solchen Dingen soll man nicht scherzen. Seht her, weshalb ich gekommen bin«, fuhr er fort und zog ein Pergament hervor; »hier ist der Kaufbrief, mitten durchgerissen, den wollt' ich Euch bringen. Aber habt Ihr mich denn wirklich für so hartherzig gehalten?«

»Ach, das hab ich mir gar nicht überlegt«, antwortete Ensfried. »Euch aber, Herr Propst, danke ich von Herzen für die reiche Gabe; Ihr wisst ja, für mich habe ich das Geld nicht gebraucht.«

Dumpfes Geräusch drang aus dem Nebenzimmer herüber. »Was ist das, Friedrich?«, fragte der Sterbende mit verlöschender Stimme.

»Leute, denen Ihr Gutes getan habt. Zu Hunderten stehen sie im Flur und auf der Straße, weinen und beten und wollen nicht glauben, dass der Herr Euch zu sich nimmt.«

Ensfried seufzte. »Was soll aus meinen Armen werden?«

»Das ist meine Sorge«, antwortete der Erzbischof und reichte ihm die Hand. »Alle, die in Euch einen Vater verlieren, sollen meine Kinder sein. Das sei mein Erbe von Euch; hüten werde ich es als treuer Verwalter, so wahr mir Gott helfe.«

Ensfried hatte sich bald aufgerichtet. Ein Lächeln verklärte seine Züge. »Gott sei gelobt«, flüsterte er – noch einen leisen Druck der Hand, dann sank er zurück in die Kissen. Friedlich, ohne Kampf war er hinübergegangen. Prüfend beugte der Erzbischof sich über den Toten, drückte ihm sanft die Augen zu und sagte: »Selig sind die Barmherzigen; denn sie werden Barmherzigkeit erlangen.«

Rutger von Wolkenburg

Eine Ritter- und Mönchsgeschichte aus dem Siebengebirge

»Nun, Bruder Heinrich, was wolltet Ihr mir denn von dem Grafen Wilhelm von Jülich erzählen?« Der Prior Cäsarius von Heisterbach, der diese Frage stellte, saß mit dem Angeredeten auf dem Gipfel des Petersberges. Er war ein stattlicher Mann mit klugem Gesicht, den das wallende Zisterziensergewand vortrefflich kleidete. Während der letzten Jahre hatte er etwas mehr studiert, als ihm zuträglich war. Der Pater Arzt hatte ihm deshalb mehr Bewegung und frischere Luft verordnet, als der Klostergarten bot, und ihm als Ferienerholung gestattet, jeden Morgen nüchtern auf den Petersberg zu gehen und in der Wallfahrtskapelle die heilige Messe zu lesen. Das Mittel schlug an. Zuerst freilich wollte es noch nicht recht mit Atem und Beinen, aber von Tag zu Tag kam ihm der Berg niedriger und der Weg besser vor, das blasse Gesicht zeigte wieder eine feine Röte, und die treuherzigen Augen blickten wieder so frisch wie nur jemals.

In jener Zeit – nämlich anno 1216 – sah es auf dem Petersberg etwas anders aus wie heutzutage. Als 28 Jahre vorher Mönche von Himmerode auf dem breiten Bergrücken ein Kloster gründeten, hatten sie angefangen, den dichten Wald auszuroden; aber sie waren nicht weit gekommen. Wenn der Winter ins Land zog, strich der Wind doch viel schärfer über die Höhe als im Tal, auch war der Boden steinig, und die Ernte lohnte nicht die schwere Mühe. Schon bald zogen sie deshalb hinunter ins Peterstal und bauten sich ein neues Heim, welchem die mächtigen Heisterbäume und der klare Bach den Namen schufen. Der Wald beeilte sich, das verlorene Gebiet oben auf dem Berggipfel zurückzuerobern; krummes Unterholz und Brombeerranken nisteten sich in den spärlichen Trümmern ein, die von dem ersten armseligen Klosterbau noch übrig geblieben waren; hellgrüne Buchenbüsche und breite Farnwedel, hie und da von einem jungen Eichbaum überragt, wuchsen auf den magern Wiesen und Feldern. Nur ein Stück Rasen um die Marienkapelle war freigehalten und am Rande des Plateaus da und dort ein Plätzchen ausgehauen worden, damit die Pilger von Königswinter, Oberkassel usw. sich ausruhen und ihren heimatlichen Kirchturm sehen könnten. Auf die schöne Aussicht gaben sie nämlich nicht viel, wie denn überhaupt die Naturfreude im heutigen Sinne im Mittelalter ein wenig bekannter Begriff gewesen ist.

Pater Cäsarius bildete in dieser Hinsicht schon eine Ausnahme, ohne deshalb ein Schwärmer zu sein. War er mit der Messe zu Ende, so ging er nicht in das Stübchen des Bruders Heinrich, der an der Kapelle das Hüter- und Messneramt versah, sondern setzte sich ganz vorn an den Bergrand, nach der Rheinseite zu – genau dorthin, wo später der Herr Nelles Bier und Wein ausschenkte – lauschte auf die Drosseln und Buchfinken und schaute wohlgefällig auf den blitzenden Strom, die stolzen Berge, die zahllosen Burgen und Kirchen. »Fast so schön wie in unserer Vaterstadt, dem heiligen Köln«, hatte er sogar einmal gesagt, als er auf seinem Lieblingsplätzchen mit dem braven Pastor Eberhard von St. Jakob zusammensaß. Der aber hatte ihn bös angeschaut und geantwortet: »Pater Prior, Ihr solltet Euch als Kölner schämen, so was zu sagen!«

Heute pflog er mit dem Bruder Heinrich eine lange und anziehende Unterhaltung. Seit Jahren sammelte er Legenden, Sagen, Anekdoten und Schwänke aller Art, um sie als Stoff für eines seiner vielen Bücher zu gebrauchen – auch was ich Euch hier erzähle, steht darin, allerdings mit etwas anderen Worten – und da war nun Bruder Heinrich einer seiner Hoflieferanten. Der ließ sich nämlich von Priestern und Mönchen, Rittern und Bauern, die bei der Kapelle ihre Andacht zu verrichten kamen, Altes und Neues aus aller Herren Länder melden, weltlich und fromm, ernst und heiter, grob und fein, wie es sich gab. Am liebsten hörte er von Geistern und Gespenstern. Er war eine gute Seele, aber ein bisschen abergläubisch und glaubte an alles mögliche steif und fest. Auch gerieten ihm seine Geschichten nicht selten durcheinander, oder er verzierte sie mit allerhand eigenen Zutaten, wenn sie ihm nicht spannend genug vorkamen. Etwas Böses dachte er sich dabei mitnichten, und hatte er erst zwei- oder dreimal sein Gemisch von Wahrheit und Dichtung zum Besten gegeben, so war er aufrichtig überzeugt, dass er es selbst genau so und nicht anders gehört habe, und zwar von einem Augen- und Ohrenzeugen. Ähnliches soll auch im zwanzigsten Jahrhundert zuweilen noch vorkommen, besonders in den Zeitungen. Zu ihm also sagte Pater Cäsarius: »Nun, Bruder Heinrich, was wolltet Ihr mir denn von dem Grafen Wilhelm von Jülich erzählen?«

»Er hat den Lohn seiner Taten empfangen.«

»Versündigt Euch nicht! Wie könnt Ihr das wissen?«

»Ritter Walter von Endenich hat ihn nach seinem Tode gesehen.«

»Was Ihr sagt?«

»Aber so hört doch! Vor sechs Wochen war Walter krank, schwer krank, und man glaubte, es werde zu Ende gehen. In einer Nacht – es war auf Simon und Juda – hat es schrecklich gestürmt, und die Leute zu Endenich haben einen feurigen Schein am Himmel gesehen und Raben krächzen gehört, wohl tausend an der Zahl. Der Ritter hat entsetzlich gestöhnt und um sich geschlagen, aber am Morgen war ihm besser. Seitdem ist er rasch wieder zu Kräften gekommen und hat erzählt, in jener Nacht habe er einen bösen Geist an seinem Bett gesehen, der ihm Geld und Gut und Ehre und Gesundheit versprochen, wenn er ihm den Treueid leistete. Der Ritter aber, ein gar frommer Herr, hat ein Kreuz geschlagen und nach der Seele des bösen Grafen von Jülich gefragt, der bei Lebzeiten sein Lehnsherr gewesen war. Der Teufel hat sich lange gesträubt, aber als Walter ihn beschwor, hat er gesprochen:

›Kennst du die Schlösser Wolkenburg und Drachenfels jenseits des Rheines? Nun, wären sie von Eisen und würden mit den Bergen, auf denen sie stehen, an jenem Orte versenkt, wo die Seele des Grafen Wilhelm weilt, schmelzen würden sie wie Wachs, ehe du auch nur die Augen schließen könntest.‹ Dann ward der Ritter entrückt in das Reich des Schreckens; dort sah er einen tiefen Brunnen voll Schwefelflammen und mit glühendem Deckel und darin den Grafen von Jülich mit dem Christenverfolger Marentius. Wüteriche gleicher Schuld sind sie im Leben gewesen, ward ihnen auch im Tode gleiche Strafe.«

»Still, still«, mahnte der Prior, »denn das Gericht ist Gottes. Allerdings, wenn ich sehe, wie so oft, und besonders in unseren traurigen Zeiten, die Großen dieser Welt Werke der Finsternis üben, dann gedenke ich zitternd der Rache des Herrn. Wie kommt es denn wohl, dass so wenig Fürsten und Edle zu den Jahren des Greisenalters gelangen? Sie plündern die Armen und deren Tränen ersticken sie vor der Zeit. Schlimmer denn je ist's geworden, seit zwei Könige um das Land streiten und die Fürsten tun und lassen können, was ihnen beliebt. Und wie im Reich, so im Kölner Erzstift. Seit den Tagen meiner Jugend sind fast immer zwei zu gleicher Zeit gewesen, die sich Erzbischof von Köln nannten – *einer* soll Herr sein, sagt schon Homerus; aber den kennt Ihr nicht, Bruder Heinrich. Und dazwischen haben die Grafen und Ritter Riemen geschnitten aus der Bürger und Bauern Haut. Jetzt aber, so hoffe ich zu Gott, soll's endlich wieder besser werden; der neue Erzbischof Engelbert wird den kleinen Tyrannen das Handwerk schon legen.«

»Zuvörderst müsste der Wolkenburger dort drüben dran«, sagte Brüder Heinrich und schüttelte die Faust gegen die Burg, welche sich links vom Drachenfels aus einem dichtbewaldeten Kegel erhob. »Ist das ein Schirmvogt unseres Klosters? Ein Schindvogt ist er, denn Schinden und Schaben ist seine ganze Vogtei und Ritterschaft.

Soll er das Gericht hegen oder das schlechte Volk aus dem Kloster-
bann jagen, das sich nach dem langen Krieg allerwärts herumtreibt,
dann sitzt er faul auf seinem Schloss und lässt alles laufen, wie es
eben läuft; aber die Stiere von der Weide und die Trauben vom
Stock stehlen, das versteht er; und wenn er mit seinen Rüden und
Zechbrüdern, den Hungerleidern hinten aus dem Sieggau, auf die
Jagd reitet, ist ihm der Weg durch das Kornfeld alleweil der liebste,
und wenn er dafür sogar einen Umweg machen müsste. Neulich
kam er heraufgestiegen und heischte von mir Wein. Ich hatte keinen Tropfen; aber als ich ihm in aller Freundlichkeit und mit be-
scheidener Entschuldigung Milch brachte, goss er mir den Krug
über die Kutte und gab mir einen Backenstreich, den ich drei Tage
gefühlt habe. Aber man sieht auch auf den ersten Blick dem
fuchsigen Schlingel an, wes Geistes Kind er ist, rotes Haar und
Eschenholz gedeihen nur auf schlechtem Boden.«

Pater Cäsarius hustete verlegen – Bruder Heinrich war nämlich
selbst stark blond, wenn auch nicht so arg wie der Wolkenburger
– und sagte: »Jawohl, Rutger ist ein schlimmer Herr; aber den gebe
ich noch nicht auf. Früher war er so übel nicht: wild und unbändig,
jedoch nicht böse, dabei gastfreundlich und tapfer wie kein zweiter.
Erst als er mit König Otto über die Alpen zog, hat er sich im
Welschland unter all dem wüsten Kriegvolk das Fluchen, Trinken
und Würfeln angewöhnt, und jetzt treibt er es schon arg mit seinen
lockern Gesellen. Zudem hat er mit unserm Kloster einen alten
Span, wisst Ihr: wegen der Bergwiese hier am Petersberg, und da
kühlt er mitunter an uns sein Mütchen. Aber seine kluge Frau hält
er noch immer in Ehren, und so lange einer das tut, ist noch
Hoffnung vorhanden.«

»Ja, ja«, brummte der Bruder, »Ihr habt immer noch etwas am
Nächsten zu loben, und wäre er auch der Ärgste. Wer weiß, ob er
nicht gerade wieder einen Streich ersonnen hat, der Euch von
Eurer guten Meinung bekehrt. Wenn Ihr gleich über die Bergwiese

geht, so seht Euch vor, Ihr könntet ihm in die Quere kommen. Und nun gehabt Euch wohl, ich muss zum Läuten gehen.«

Die Flurkarten, welche die vereidigten Geometer des dreizehnten Jahrhunderts von der Königswinterer Feldmark angelegt haben, sind leider spurlos verschwunden. Trotzdem kann man mit voller Bestimmtheit versichern, dass schon damals ein Fußweg in den scharf eingeschnittenen Sattel zwischen Petersberg und Nonnenstromberg hinunterführte, um sich dort rechts nach Königswinter und links nach Heisterbach zu verzweigen. Diesen Pfad wählte Cäsarius zur Heimkehr. Er betete seinen Rosenkranz und betrachtete dazwischen die schöne Legende von dem frommen Edelmann, der so innige Andacht zur Muttergottes hegte, dass man nach seinem Tode in seinem Herzen den Gruß »Ave Maria« eingeschrieben fand. Rutger von Wolkenburg und seine Tücken hatte er darüber vergessen; aber als er aus dem Buchenwald auf die Bergwiese trat, fiel ihm der Ritter wieder ein.

Die Bergwiese – Ihr könnt sie noch heutzutage sehen – liegt gerade auf der flachen Kammhöhle zwischen den beiden genannten Bergen, rings von Wald umgeben. Vor zwanzig Jahren hatten die Heisterbacher Mönche sie aus einem Sumpf in üppiges Grasland umgeschaffen. Kein Mensch hatte sich darum gekümmert, bis Rutger mit seinem großen Durst und seinem kleinen Geldbeutel aus Italien heimkam und auf einmal behauptete, die Wiese gehöre zu seinem Grund und Boden. Beweisen konnte er das zwar nicht, aber auch im Klosterarchiv war nichts Sicheres darüber zu finden. Als nun der Abt sich erbot, seinen Besitzstand durch die bekanntesten ältesten Leute beschwören zu lassen, lachte der Ritter ihm unter die Nase: Die Wiese sei sein und was die alten Esel sagten, sei ihm gleichgültig. Der Abt machte darauf gute Miene zum bösen Spiel, sprach von den großen Verbesserungen, die sein Vorgänger mit viel Mühe und Geld an das Sumpfloch angelegt, von Pachtzins und Abfindungssumme. Aber Rutger blieb bei seinem ersten Wort, und als der Abt ihm endlich mit dem Grafengericht drohte, antwortete er höhnisch, der Herr Graf habe in bestehenden Kriegläufen wichtigere Dinge zu tun, sei zudem sein guter Freund, und der Herr Abt könne ihm in Gnaden gestohlen werden.

Seitdem trieb er allerhand Unfug. Eines schönen Morgens fanden die Mönche die Wiese rattenkahl abgemäht, ein andermal derartig zerstampft, dass man glauben konnte, Herr Rutger habe die Wiese als Reitbahn benutzt. Die hübschen Grenzsteine aus Stenzelberger Trachyt mit dem sauer eingehauenen Wappen des Klosters wurden ausgeworfen, und als der Abt neue aufstellen ließ, fand man sie gleich am nächsten Tage neben den Löchern, in letzteren aber Haselstöcke, an denen Mönchsfratzen baumelten. Bald war denn auch dem Abt die Sache gründlich verleidet; er ließ die Steine liegen und schickte nur ab und zu einen Knecht auf die verwahrloste Wiese, um ein paar Stücke Vieh grasen zu lassen und so wenigstens das Klosterrecht zu wahren – kurz, wie man im neunzehnten Jahrhundert gesagt haben würde: Er ritt auf einem Prinzip herum.

Als Pater Cäsarius jetzt die Bergwiese betrat, war der Klosterknecht Hartlieb gerade mit der Wahrung dieses Prinzips beschäftigt, das heißt, er lag auf dem Rücken so lang wie er war und warf zuweilen einen schläfrigen Blick auf die zwei Rinder und drei Hammel, deren Hut ihm anvertraut war. Sobald er aber den Prior gewahrte, sprang er hurtig auf die Füße und verzog seinen breiten Mund zu einem freundlichen Grinsen. Den Pater hatten nämlich die Knechte gern, denn er legte oft beim Abt ein gutes Wort ein und war stets bereit, ihnen aus der Klemme zu helfen.

Das hatte auch Hartlieb noch vor Kurzem erfahren. Er kam einmal erheblich vergnügter wie sonst von der Oberdollendorfer Kirchweih zum Kloster zurück, weil der gute Rote, der auf der Dollendorfer Haardt wächst, ihm stark zu Häupten gestiegen war. In seiner Freude hatte er nicht so genau wie sonst auf den Weg achtgegeben, war in den Heisterbacher Fischgraben gefallen und hatte hernach mit groben Reden den Bruder Pförtner gescholten, weshalb er keinen Zaun angelegt. Darüber war Abt Gevard gekommen, hatte die Stirne gerunzelt und einen Wink gegeben, der zwei Zaunstecken mit den dazu gehörigen Männern herbeirief – um den nassen Hartlieb aufzutrocknen, wie der Abt sich ausdrückte. Schon schien die Katastrophe unvermeidlich, da trat Cäsarius hinzu und meinte: »Herr Abt! Es war das erste Mal, und der Rote ist heuer ganz besonders gut geraten« – und der Abt hatte die Strafe in Gnaden erlassen. Von dem Tage ab wäre Hartlieb für den Prior durchs Feuer gegangen; denn was einmal in seinen dicken Kopf Eingang gefunden hatte, das saß auch fest. Deshalb sprang er so flink auf und sagte mit der ganzen Liebenswürdigkeit, deren er fähig war: »Grüß Euch Gott, Pater!«

In Ermangelung einer Taschenuhr sah der Prior nach der Sonne, und da er sich überzeugte, dass er noch ein Viertelstündchen Zeit habe, setzte er sich zu Hartlieb auf einen der ausgeworfenen Grenzsteine und begann mit ihm zu plaudern. Seine Hoffnung, der Hirt habe eine neue Gespenstergeschichte auf Lager, wurde nicht getäuscht. Gerade schilderte Hartlieb ihm das feurige Ross, das allnächtlich von Königswinter nach Heisterbach rennt – durch die Luft natürlich – da hielt er erschreckt inne: Hufschlag klang den Bergpfad von Königswinter herauf, jetzt blitzte es zwischen den Bäumen, und am Waldrande erschien Rutger von Wolkenburg, gefolgt von zwei berittenen Knechten und einem Rudel Hunde.

Der Ritter, ein großer, starker Mann mit rotem Haar, trug ein dickes Wams von Wildleder; einen Jagdspieß hielt er stoßgerecht in der Hand, während die Knechte Armbrüste führten. Als er die beiden erblickte, leuchtete es zornig in seinen Augen auf, und er spornte den Rappen zu einem mächtigen Satz.

Dann aber erkannte er den Prior, ließ sein Tier langsam gehen, hielt es dicht vor dem Mönche an und sagte in spöttischem Tone: »Ei, sieh da, Pater Cäsarius! Was verschafft mir denn die Ehre,

Euch auf meinem Grund und Boden begrüßen zu dürfen? Hab gar nichts dagegen, wenn Ihr hier Rast haltet; Euch mag ich schon leiden trotz meines Zankens mit den Kuttenträgern zu Heisterbach. Aber Eure Gesellschaft gefällt mir schlecht. Sagt an: Was soll der Kerl und das Viehzeug?«

»Brauch' ich Euch das noch zu sagen?«, entgegnete der Prior. »Das Klosterrecht ...«

»Ah bah! Klosterrecht hin, Klosterrecht her, das kennen wir schon. Abteiliche Vierfüßler auf meinem Grund und Boden nebst einem Hirten und zum Überfluss auch noch der Prior dabei – unerhört! Quadrupes pauperiem fecit – seht Ihr, ich habe noch etwas von dem vielen Latein behalten, das wir mitsammen auf der Schulbank im Kölner Andreasstift gelernt – und das heischt schwere Buße. Das Vieh hat mein Gras im Bauch, und da ich das Gras allein nicht zurücknehmen kann, muss ich das Vieh mitnehmen. Heda! Klaus! Kurt! Fangt mir die Tierchen ein und schafft sie in unsern Stall.«

»Herr«, fuhr Cäsarius auf, »das werdet ihr nicht tun, das wäre ja Straßenraub!«

»Sachte, sachte, Herr Pater, sonst werde auch ich hitzig. Für Euch tut's mir fast leid, habt Ihr doch meinem Weib in seiner Krankheit beigestanden, aber den Tort, den mir Euer Abt da wieder angetan, kann ich nicht dulden.«

Nachdem er ein Weilchen überlegt hatte, fuhr er höhnisch fort: »Ein ganz einfacher Rechtsfall! Die Wiese ist bestritten, da werden wir den Streit wohl teilen müssen: Euch die Hälfte und mir die Hälfte von Gras und Vieh; da ich aber den dritten Hammel nicht gut durchschneiden kann, so will ich mich großmütig mit einem Rind und zwei Schafen begnügen. Wahrhaftig, Salomon hätte nicht weiser urteilen können! Klaus, Kurt, vorwärts! Greift mir das schwarze Rind und zwei von den Schafen!«

Die Knechte saßen ab. Hartlieb, der Miene machte dazwischen zu treten, bekam eine Ohrfeige, dass er zurücktaumelte. Im Nu waren die blökenden Schafe mit zusammengekoppelten Beinen über die Pferde gelegt, dem Rind ein Stück über die Hörner geworfen und mit einem Schelmenlied zog die saubere Gesellschaft von dannen.

Fünf Minuten später verließen auch Cäsarius und Hartlieb die Bergwiese in entgegengesetzter Richtung und den Waldpfad nach Heisterbach hinunter. Der Prior betete seinen Rosenkranz weiter, freilich mit ganz anderen Gefühlen als vordem; dicht hinter ihm kam Hartlieb mit dem kleinen Rest seiner Schutzbefohlenen und sagte allerhand Dinge, die Rutger von Wolkenburg glücklicherweise nicht mehr hören konnte.

Es war wunderschön im Walde. Hundert Fuß und mehr strebten die moosbewachsenen Stämme kerzengerade in die Höhe; durch die breiten Kronen strahlte die Sonne und warf helle Lichter auf das braune Laub, das fußhoch zwischen den Bäumen lag. Hier sprang ein Reh auf, dort ein Hase; die Vögel jubilierten, dass es eine Lust war. Aber die zwei Wanderer sahen und hörten nichts. Nur als am Petersberg ein Kuckuck sich vernehmen ließ, spitzte Hartlieb die Ohren und schrie aus voller Kehle: »Kuckuck! Wie lange wird der Dieb noch leben!« Aber der Vogel war unermüdlich, und beim zwanzigsten Rufe meinte der Knecht verdrießlich: »Na, wenn der noch zwanzig Jahre lebt, dann stiehlt er uns mehr Kühe, als wir haben.«

Er hatte seinem Herzen Luft gemacht und legte den Rest des Weges schweigend zurück. Jetzt zeigte sich zwischen den Stämmen die Mauer, welche in weitem Viereck das Kloster, den Garten und ein schönes Stück Hochwald umschloss. Eine kleine Strecke gingen sie die Mauer entlang, dann bog der Weg rechts um die Ecke, und sie traten, vom Bruder Pförtner mit dem Friedensgruß empfangen, durch das Portal, zu dessen Seiten St. Benedikt und St. Bernhard, der Begründer des abendländischen Klosterwesens und der Stifter des Zisterzienserordens, die Wache hielten. Eine Allee von schönen Ulmenbäumen führte zu dem geräumigen, von Ställen und Scheunen umgebenen Wirtschaftshofe, an welchen zur Linken das eigentliche Kloster sich anschloss. Die Gebäude waren einfach, meist in Lehmfachwerk errichtet; aber alles war musterhaft sauber, allerwärts verdeckten Efeu und traubenschwere Weinranken die braunen Wände, und der Wald bot einen prächtigen Rahmen.

Aufwand und Kunstgeschmack verriet nur die noch im Bau begriffene Kirche – elf Jahre darauf ist sie eingeweiht worden. Um die Wende des Jahrhunderts hatte man den Bau begonnen, noch ganz nach der alten Art, den massigen Mauern, Pfeilern und Gewölben und kleinen Fenstern. Dann war ein welscher Pater ins Kloster gekommen, Bernhard, der Baumeister aus Nordfrankreich. Wunderdinge erzählte er von den Kirchen, die man jetzt dort baue. Viele Tage und Nächte zeichnete er, ehe er ans Werk ging. Immer herrlicher wuchsen die Strebepfeiler und schlanken Säulen empor, kühn und leicht spannte er die Gewölbe. Der frühere Baumeister hatte anfänglich mit dem Kopf geschüttelt und gemeint, das ganze Ding werde nächstens zusammenfallen; es sei ein Jammer für all die Arbeit und die schönen Steine. Mit der Zeit aber war er immer nachdenklicher geworden und eines Tages war er zu dem jungen Kollegen getreten und hatte bescheiden gesagt: »Pater Bernhard, das hätte ich nimmer gekonnt! Euer Werk wird man preisen noch über viele hundert Jahre.«

Cäsarius war in das Zimmer des Abtes gegangen und hatte ihm die böse Kunde gebracht. Abt Gevard war, obwohl schneeweißes Haar die Tonsur umgab, noch immer ein schöner Mann. In Haltung und Zügen konnte man sehen, dass er nicht immer die Kutte getragen. Bis über sein vierzigstes Jahr hinaus hatte er auf seiner Burg jenseits des Rheines gesessen, ein Kriegsmann und Jäger wie seine Standesgenossen, aber der Bessern einer von Herzen brav, wenn auch die Schale rau geworden war seit dem Tode seines Weibes – im Ganzen ein zufriedener, glücklicher Mann, bis man ihm den einzigen blühenden Sohn heimbrachte, den Todespfeil in der Brust. Das hatte ihn ins Herz getroffen. Drei Tage saß er in der Halle, düster vor sich hinbrütend, ohne Speise und Trank, ohne ein Wort zu sprechen, und keiner seiner Diener wagte, ihm zu nahen. Endlich war er in die Rüstkammer gewankt, hatte sich gewappnet vom Kopf bis zu den Füßen, den besten Hengst aus dem Stalle geholt und war davongeritten – niemand wusste wohin. Erst nach Jahren erfuhr sein Bruderssohn, dem er die Botschaft geschickt, er möge kommen und der Burg warten, dass der Ohm nach Heisterbach geritten sei, dass soeben gegründet worden war, aber schon eines Rufes sich erfreute. An der Pforte band er das Ross fest, lange kniete er vor dem Altar der kleinen Kirche in heißem Gebet; dann legte er Schwert und Schild auf die Stufen und bat den Abt, ihn aufzunehmen in die Zahl der Brüder. Noch lange hatte er zu ringen mit seinem Schmerz und seinem stolzen Sinn; aber endlich fand er den Frieden. Bald nachdem er widerstrebend die heiligen Weihen empfangen, erhob die Wahl der Mönche ihn zur Würde des Abtes.

Kein Zug des scharf geschnittenen Gesichtes veränderte sich, während der Prior ihm seinen Bericht erstattete. Erst als Cäsarius schwieg, erschienen auf seiner Wange zwei brennend rote Flecken, und hastig fuhr sein Arm zur Seite, wo er einst das Schwert getragen. Dann lächelte er schmerzlich und sagte mit vollkommener Ruhe: »Es ist gut, Pater Prior; wir wollen im Kapitel weiter darüber reden.«

Am Nachmittag rief ein Glockenzeichen die Mönche in den Kapitelsaal, ein niedriges kühles Gelass, dessen Gewölbe ein einziger Mittelpfeiler stützte. Es wäre der Mühe wert für einen Maler gewesen, das Bild zu zeichnen. Die Hälfte des Saales lag in dämmerigem Halbdunkel, obwohl goldenes Sonnenlicht durch die kleinen

Rundbogenfenster brach und grell einen Teil der malerischen Gestalten in langem Ordenskleide beleuchtete. Männer aus allen Ständen hätte er gesehen; Ritter und Bürgerkinder und Bauernsöhne, manchen, dessen Erscheinung vermuten ließ, dass nicht einzig und allein ein vollerfasster, weltverachtender Beruf ihn aus der Welt in die Einsamkeit geführt habe, und daneben Gesichter, in denen ein guter Beobachter lesen konnte von Gottesfrieden und mühsam unterdrückter Weltlust, von kaum gebändigter Leidenschaft und vom Glück der Entsagung.

In tiefem Schweigen standen die Mönche, als der Abt begann, von der neuesten Gewalttat des Wolkenburgers zu berichten. Jetzt ging ein dumpfes Murmeln durch die Reihen, und als er endete, brach der Unmut in derben Ausdrücken los. »Der Schindvogt!«, scholl es aus einer Ecke. »Der nichtnutzige Rotkopf«, aus der andern, »der Rinderdieb, der Ritter vom gestohlenen Schaf! Im Grabe würde sein Vater sich herumdrehen, wenn er's wüsste.« Nur mit Mühe gelang es dem Abt, die Ruhe herzustellen. In gemessenem Tone sprach er: »Pater Cäsarius, Euch als Prior steht es zu, das erste Wort zu sagen; was ist Eure Meinung?«

»Es ist Raub und Landfriedensbruch«, entgegnete der Gefragte, »und darüber hat der Graf zu richten. Aber Ihr alle wisst, was vom Grafen zu holen ist, wenn er überhaupt im Lande weilt. Er ist des Wolkenburgers alter Kriegskamerad und Trinkbruder, und wer die Krähe beim Krähengericht verklagt, der wird auch ein Krähenurteil bekommen. Ich weiß keinen Rat, als dass wir die Sache Gott befehlen, – der mag's ändern.«

Der Pater Kellermeister bat um Erlaubnis, zu reden und wendete ein: »Dem möchte ich nicht beistimmen. Kämpfen müssen wir für unser gutes Recht, wenn es auch vorläufig nicht viel helfen sollte. Beim Grafen freilich ist gar nichts zu machen; aber wozu ist denn der Erzbischof von Köln da? Er ist Herzog von Rheinland und Westfalen und aller Klöster seines Sprengels oberster Schirmherr;

74

und wenn unser Vogt uns schädigt, statt uns zu schützen, muss er zum Rechten sehen. Viel Gutes habe ich vom Erzbischof Engelbert gehört. Eifrig pflegt er das Recht, das in den Kriegszeiten fast vergessen worden ist. Kommen die Armen und Bedrückten zu ihm, so lässt er alles stehen und liegen, um sie geduldig anzuhören, und schon mehr als einen adeligen Dieb hat er unter dem Torbogen seines Raubnestes hängen lassen; nicht umsonst trägt er in der einen Hand den Bischofsstab, in der anderen das Schwert als weltlicher Reichsfürst, dem vom Kaiser der Blutbann verliehen ist. Seit gestern weilt er in Bonn, um die Huldigung der Bürger entgegenzunehmen. Schickt einen Boten zu ihm, Herr Abt; ich vertraue, schon morgen ist er zur Stelle.«

Ein beifälliges Gemurmel folgte, und auch der Abt nickte. »Ihr habt recht, und noch heute Abend soll der Bote nach Bonn reiten. Und dennoch – mir tut's leid um den Wolkenburger, wenn die Vergeltung über ihn hereinbricht. Böse Gesellen haben ihn verdorben. Sein Vater, dessen Gebein in unserer Kirche ruht, hat's wahrlich nicht um uns verdient, dass wir den Sohn ins Elend treiben. Noch einmal wollen wir ihn mahnen. Mag's helfen oder nicht, wir haben dann das Unsrige getan. Doch, wer will die Botschaft an den wilden Mann übernehmen?« Die Mönche schwiegen; denn keinen gelüstete es, mit dem Wolkenburger anzubinden. Da rief eine helle Stimme: »Ei, so schickt doch den Bruder Wolfram.«

Der Mönch Walter hatte es gerufen, den sie den Erzpoeten nannten. Einst war er fahrender Sänger gewesen und hatte manch loses Lied gedichtet, bis man ihn krank und elend an der Klosterpforte fand und aus Barmherzigkeit aufnahm. Die kecke Zunge aber hatte er mitgebracht, ist auch bald aus dem Kloster entwichen.

Einige jüngere Mönche kicherten, aber das Gesicht des Abtes wurde finster. »Ihr solltet Euch schämen«, hub er an, »dass Ihr des guten Bruders spottet. Indessen, wer weiß, ob nicht Gott des

75

Einfältigen sich bedienen will, um Euren Witz zuschanden zu machen? Bruder Wolfram, was dünkt Euch, wollt Ihr gehen?«

Schüchtern trat Wolfram vor, ein kleiner, gebückter Mann von etwa sechzig Jahren. Fast von Kindesbeinen an lebte er im Kloster, zuerst in Himmerode, von wo er mit den ersten Mönchen zur Gründung des Tochterklosters an den Rhein gekommen war; und Großes hatte man von dem Jüngling sich versprochen, so fromm und eifrig war er, so klug und gelehrt, und dabei stets freundlich und guter Dinge. Da stieß ihm ein Unglück zu; als er das Glöckneramt versah, stürzte der Klöppel herab und verletzte ihn am Kopf. Drei Wochen lag er zwischen Leben und Tod; er genas, aber der alte wurde er nimmer. Sein Geist war nicht gerade umnachtet, aber wirr flatterte und sprang er von einem zum andern. Jetzt konnte Wolfram die Schrift erklären, dass alle staunten, und im nächsten Augenblick verfiel er auf einen Schwank; mitten im Gebet konnte er hell auflachen, weil er einen drolligen Einfall gehabt, und gleich darauf kniete er wieder, versunken in Andacht. Nur eins vergaß er nie: Gehorsam und Demut. Darum liebte ihn der Abt und duldete nicht, dass man mit dem Armen Spott treibe.

»Ich glaube nicht, dass ich in der Sache helfen kann«, begann Wolfram mit stockender Stimme. »Mir ist manchmal so heiß im Kopf, und dann sage ich Dinge, über welche die Leute lachen. Aber«, setzte er in festerem Tone hinzu, »Ihr wünscht es, und da muss ich gehorchen. Hat doch St. Bernhard einmal Öl statt Wein getrunken, weil der Abt ihm, unkundig, was das Gefäß enthielt, zu trinken befahl, und hat es nicht einmal bemerkt. Aber was soll ich tun und reden auf der Wolkenburg?«

»Das weiß ich selbst nicht recht«, antwortete gütig der Abt. »Gott mag Euch die gute Rede eingeben, und dann bringt zurück von dem gestohlenen Vieh, was Ihr kriegen könnt. Jetzt aber ist es Zeit zum Gebet.«

Die Mönche verließen den Saal. Mitten unter ihnen ging Bruder Wolfram, nachdenklich den Kopf schüttelnd. Jetzt glitt ein vergnügtes Lächeln über sein Gesicht. »Bringt mit, was Ihr kriegen könnt, hat der Abt gesagt; das ist klar wie die Sonne, und das muss ich mir merken. Will's schon machen, aber St. Bernhard muss mir auch ein wenig dabei helfen.«

Andern Tages, zwei Stunden vor Mittag, bestieg Bruder Wolfram einen Esel – denn er hatte kürzlich die Gicht gehabt und war noch schlecht zu Fuß – und ritt, den Bruder Pförtner mit herablassendem Kopfnicken grüßend, zum Tore hinaus. Der Abt trug freilich Bedenken, ob es ratsam sei, dem Wolkenburger gerade in die Suppe zu fallen; aber Wolfram meinte: »Stiehlt er unser Vieh, so soll er mich wenigstens füttern«, und der Abt ließ ihn ziehen.

Während er am Nordabhange des Peterberges über die Höhe ritt, jenseits deren Königswinter liegt, bot er einen merkwürdigen Anblick. Er hatte seinen unruhigen Tag; in seinem armen Kopfe ging es noch bunter durcheinander wie gewöhnlich, und den Weg verkürzte er sich durch fast beständiges Sprechen. Anfangs widmete er seine Aufmerksamkeit ausschließlich dem Esel. »Braves Tier«, sagte er zärtlich und klopfte den Grauschimmel auf den struppigen Nacken, »du und ich, wir bringen die Sache ins reine. Wenn der Wolkenburger sich sperrt, dann schreien wir zusammen, dass er meint, sein Steinkasten falle übereinander, wie die Mauern von Jerichos beim Schalle der Posaunen. – Holla, mein Freund, lass die Rüben stehen! Das ist kein Klosteracker mehr, und wenn's die Dollendorfer Bauern sehen, könnten sie uns übel mitspielen. Willst du wohl –« Wolfram fasste den Zügel; er zog und zog. Der Esel nahm den Kopf zwischen die Vorderbeine, schlug hinten aus, und Wolfram schlug kopfüber hinunter.

Glücklicherweise fiel er in hohes Laub und auf einen Ameisenhaufen, sodass er keinen Schaden nahm. Er erhob sich langsam und warf dem Esel einen verdutzten Blick zu. »Nun, nun«, sagte er begütigend, »das war doch gerade nicht nötig. Aber du wirst es wohl so schlimm nicht gemeint haben; denn im Grunde bist du doch nur ein dummes Vieh, obwohl du zur Abtei gehörst. Und nun komm her; der Klügste gibt nach, und wir müssen heute miteinander auskommen.«

Der Esel gab wirklich nach, ließ ihn wieder aufsitzen und schritt gemächlich vorwärts, während Bruder Wolfram weiter plauderte. Nachdem er eine horazische Ode rezitiert, einen Psalm gebetet und dazwischen seinen Gefährten freundlich angeredet hatte, fiel ihm plötzlich sein Auftrag ein, und sein Gesicht zeigte den Ausdruck kläglicher Hilflosigkeit. »Wenn ich nur nicht wieder eine Dummheit mache«, jammerte er. »Was soll ich nun eigentlich zu dem bösen Manne sprechen? Es wäre ja nicht das erste Mal, dass er seinen Schabernack mit mir triebe, und gerade heute kann ich meine Gedanken noch schlechter zusammenhalten. O weh! Das gibt sicher noch ein Unglück.« Im nächsten Augenblick hatte er seinen Kummer vergessen und trällerte ein heiteres Liedchen, das er vom Erzpoeten Walter gelernt hatte.

Der Wald hörte auf, und über eine breite Rundung schweifte der Blick des Mönches stundenweit in die Ferne. Tief zu seinen Füßen floss der Rhein, ein breites Silberband, sichtbar vom schroffen Burgfelsen von Rolandseck bis weit nach Norden, wo einige Türme des heiligen Köln über den Horizont tauchten; zu beiden Seiten des Stromes die Ebene in üppiger Fruchtbarkeit, jenseits sanfte, waldgekrönte Höhen, zur Linken die trotzigen Kegel des Drachenfels und der Wolkenburg.

Bruder Wolfram hielt an; er schaute und schaute, bis ihm die Tränen in die Augen traten. »Wie schön, wie schön!«, murmelte er. »Wie herrlich hast Du, o Herr, meine Heimat geschaffen!« Er faltete die Hände und stimmte an mit klangvoller Stimme: »Herr, großer Gott, Dich loben wir.« Der Bann war gebrochen, leise betend ritt er weiter.

Der Pfad senkte sich, lief eine kurze Strecke durch die mit Reben und Gärten bedeckte Fläche zwischen dem Gebirge und dem ummauerten Flecken Königswinter und führte jenseits derselben scharf bergan. Wolfram stieg von seinem Tier. »Muss schon meine alten Knochen selbst ein Stückchen weiterschleppen«, sagte er, »denn der Gerechte erbarmt sich sogar seines Viehes. Du bist auch nicht mehr der jüngste Asinus, und heiß genug wird's dir schon geworden sein.« Keuchend gewann er den ersten steilen Anstieg, ritt am Burghof vorbei – war damals ein Lehnsgut der Drachenfelser, heute gehört er dem reichen Baron von Sarter, dem Drachenburger – und kletterte langsam, den Esel zum zweiten Mal am Zügel führend, auf holprigem Pfad zur Wolkenburg hinauf. Steinbrüche gab es noch nicht bis auf einen einzigen, wo man die Steine zum Bau der Burg geholt hatte. Die Drahtzäune sowie die Tafel mit der Inschrift: »Verbotener Weg« sind auch erst später erfunden worden.

Endlich stand Wolfram, tief aufatmend, oben und trat durch das offene Tor in den von hohen Mauern umgebenen Schlosshof. In der Mitte stand ein starker Turm, links lagen die Ställe, rechts das Wohngebäude, ein plumper Bau von Trachytquadern.

Kaum war er zu Atem gekommen, als Rutger von Wolkenburg in der Türe seines Hauses erschien. Er war ein wenig rot im Gesicht und bei ausgezeichneter Laune. »Willkommen, hochzuverehrender Bruder Wolfram«, rief er laut über den Hof hinüber, »willkommen oberster Feldherr der Heisterbacher Reiterei. Was steht zu Euren Diensten, hochwürdigster Herr? Wollt Ihr etwa die Wolkenburg stürmen?«

Wolfram ging stumm über den Hof, pflanzte sich dicht vor dem Ritter auf, sah ihm fest ins Gesicht und rief mit donnernder Stimme: »Ihr Nichtsnutz, gebt den Ochsen und die Schafe heraus, die Ihr uns gestern gestohlen habt.«

Rutger starrte ihn ganz verblüfft an, um sofort in ein ausgelassenes Gelächter auszubrechen. »Ihr seid nicht bei Trost, Mann. Indessen wenn's Euch gelüstet mögt Ihr's versuchen? Seht Ihr den Stall da drüben? Dort stehen die Tiere. Geht hinein, nehmt sie und kehrt heim in Frieden; nur müsst Ihr Euch freilich vor den bissigen Hunden ein wenig in Acht nehmen – ich brauche nur zu pfeifen, so habt Ihr sie an der Kehle –, und wenn Euch einer meiner Knechte aus Versehen den Schädel einschlüge, so sollt' es mir leid tun. Nun, weshalb greift ihr nicht zu? Mein ritterlich Wort zum Pfande: Bekommt Ihr nur ein Hammelbein in die Hand, so ist alles Euer, was Ihr begehrt. Aber jetzt genug des Scherzes. Lasst die Flausen, tretet ins Haus und tut mir Bescheid bei Tisch. Wenn ihr Mönche auch den leibhaftigen Satan aus mir machen möchtet, Rutger von Wolkenburg lässt keinen Wanderer ungelabt von seiner Schwelle ziehen.«

Wolfram hatte aufmerksam, mit gesenktem Haupte, zugehört. Für einen Moment blitzte es in seinen Augen aber als er aufschaute, sah er so harmlos und kindlich drein wie nur jemals. »Ich danke Euch, Herr«, antwortete er; »Hunger und Durst habe ich schon. Hab ich Euch gekränkt mit scharfem Worte, so nehmt's mir nicht weiter übel. Ihr wisst ja, seit mir der Glockenklöppel auf den Kopf fiel, bin ich nicht mehr so klug wie ehedem, und dann, mit Verlaub« – er lachte laut auf – »gestohlen habt Ihr die Tiere ja doch.«

Rutger stimmte herzlich in die Heiteretei seines Gastes ein und führte ihn in die Halle, wo ein paar junge Edelleute hinter dem Humpen saßen. Gleich begannen sie, den Schlossherrn mit seinem Begleiter zu necken; ob der Glatzkopf ihm schon die Disziplin gegeben habe, wann er nach Heisterbach ins Noviziat reite, fragten sie, und was der losen Reden mehr waren. Auch Wolfram bekam sein Teil, ein Mönchsschwank jagte den andern. Aber er blieb die Antwort nicht schuldig. Für jede Klosteranekdote wartete er mit einem geprellten Ritter auf, wurde auch einige Male sackgrob, machte dabei aber ein so gemütliches Gesicht, dass die Junker ihm nichts übelnehmen konnten und endlich erklärten, wenn alle

Mönche so wären wie er, dann kämen sie auch ins Kloster, nur müsse Wolfram Novizenmeister sein. Die drei Weltleute leerten einen Becher nach dem andern und tranken dem geistlichen Genossen tapfer zu. Wolfram tat regelmäßig Bescheid, nippte aber kaum am Weine und entschuldigte sich mit der Regel.

Das Kleeblatt war im besten Zuge, als die Wolkenburgerin eintrat. Sie war eine stattliche Frau, die einst schön gewesen sein musste; jetzt freilich zeigte das Gesicht Falten, und um den Mund lag ein leidmütiger Zug. Sie reichte dem Mönch freundlich die Hand, speiste die andern Gäste mit einem kühlen Gruß ab, und machte dem Gemahl über das vormittägige Trinken Vorstellungen, die aber nicht viel zu fruchten schienen. Überhaupt ließ die Gesellschaft sich nicht im Mindesten stören. Auch Bruder Wolfram behielt seine gute Laune und erzählte so lustige Dinge von Ritterfräulein und Edelfräulein und Edelfrauen, dass Frau Ida ihn zuerst verwundert ansah und endlich mitlachte.

Punkt zwölf Uhr ging man zu Tische. Wolfram aß seine Suppe mit gutem Appetit, lobte die Zubereitung und zog melancholische Vergleiche mit der Klosterkost. »Meistens Hülsenfrüchte«, sagte er, »nach des weisen Phytagoras Lehre: heute Bohnen und Erbsen, morgen Erbsen und Linsen, übermorgen Linsen und Bohnen, und so weiter. Es fehlt etwas an Abwechselung, aber es schmeckt doch. Zu allem Gemüse nehmen wir nämlich drei Gewürze: erstens die schwere Arbeit, zweitens die langen Nachtwachen und drittens die Erwägung, dass wir doch nichts anderes kriegen. Wir werden alte Leute dabei.«

»Würde mir schlecht behagen«, meinte Herr Rutger, vor welchen eben der Diener einen mächtigen Braten hinstellte. »Wie steht's denn bei Euch mit dem Fleischessen? Habe mir sagen lassen, das sei durch die Regel verboten. Das ist der Hauptgrund, weshalb ich Euch das lebendige Fleisch fortnahm. ›Was wollen die frommen

Mönche damit anfangen?‹, sprach ich zu mir. ›Es ist ja eine beständige Versuchung für sie, und die willst du ihnen doch ersparen.‹«

»Habt Ihr aber ein zartes Gewissen!«, antwortete Wolfram trocken. »Wäret Ihr im Hungerjahr zu Hause gewesen, so hättet Ihr sehen können, wozu wir das Fleisch gebrauchen. Alle Tage ließ der Abt einen Ochsen schlachten für arme Leute, nur freitags und samstags nicht, weil dann gefastet werden muss, zum Ersatz aber für den Sonntag drei auf einmal.«

Herr Rutger war flüchtig errötet, fuhr aber spöttisch fort: »Also kein Fleisch? Tut mir leid für Euch, Bruder Wolfram. Nun, so riecht wenigstens einmal an dem Braten, habe lange keinen besseren bekommen.«

Wolfram überlegte einen Augenblick, dann sagte er bescheiden: »Mit Verlaub, Herr Rutger, gebt mir nur mein Teil; ich war lange krank, habe vom Abt Dispens, und Ihr könnt mir schon ein Stückchen gönnen.«

»Von Herzen gern«, antwortete der Wolkenburger und schob ihm eine Hammelkeule auf den Teller.

Wolfram machte sich sofort an die Arbeit. Die ungewohnte Kost schien ihm schlecht zu munden, aber er aß tapfer drauflos. Als er fertig war, tat er einen langen Atemzug, wischte sich den Mund ab, nahm den Knochen in die Hand und fragte: »Herr Rutger, war das auch eines von unsern Schafen?«

»Das habt Ihr geraten«, antwortete der Burgherr schmunzelnd, »und zwar das fetteste. Habe es sofort extra für Euch schlachten lassen; denn so lieben Besuch bekomme ich nicht alle Tage.«

»So, so, das freut mich zu hören. Aber, wie habt Ihr doch eben gesagt, als wir zusammen im Hofe standen? ›Bekommt Ihr nur ein Hammelbein in die Hand, so bekommt Ihr alles, was Ihr wollt‹, oder so ähnlich. Hier Herr Rutger, ist das Bein« – Bruder Wolfram schwenkte triumphierend seinen Knochen – »und hier« – er klopfte sich wohlgefällig auf den Bauch – »ist das dazu gehörige Fleisch. Also: Heraus mit dem Rest!«

Der Wolkenburger wurde abwechselnd blass und rot; seine Frau sprach leise aber eifrig auf ihn ein; die beiden Junker rückten verlegen mit den Stühlen.

»Was, Ihr zaudert noch? Ist das Euer Ritterwort, das Ihr mir verpfändet habt? Ich weiß wohl, Ihr haltet mich für einen Simpel, und das bin ich auch, seit Gott mir die schwere Prüfung schickte. Jetzt aber bin ich bei gesunden Sinnen und weiß ganz genau, was ich sage und tue. Soll es Euch nicht ein Zeichen sein, dass Gott mir auf eine Stunde oder zwei meinen Verstand zurückgegeben hat, damit der einfältige Mönch den klugen Ritter überliste?

Mit der Dispens freilich hat es seinen Haken. ›Bringt mit, was Ihr kriegen könnt‹, hat mir der Abt befohlen; ich mag das etwas zu wörtlich genommen haben, als ich von dem Schaf aß; aber ich denke, der Abt und St. Bernhard vergeben es meiner Einfalt und meinem guten Willen. Ihr aber sollt mir halten, was Ihr versprochen habt. Und wollt Ihr's nicht tun meinetwillen und für Euer Ritterwort, dann« – der Mönch sprang vom Stuhl, hoch aufgerichtet stand er da, mit freilich erhobener Hand und flammenden Augen – »dann Rutger von Wolkenburg haltet Wort um Eurer armen Seele willen.«

Rutger zuckte zusammen. Mit der Linken hielt er krampfhaft die Stuhllehne umfasst, während die Rechte nach dem Dolch fuhr. Aber sie sank schlaff zurück, kein Laut kam über seine bebenden Lippen. Mit schwankendem Schritt ging er aus der Halle, ihm nach sein Weib.

Bruder Wolfram schaute ihm ernsten Blickes nach. Als die Tür sich hinter dem Ritter schloss, nahm sein Gesicht wieder den gewöhnlichen Ausdruck an, und ruhig, als wäre nichts vorgefallen, setzte er sich nieder. »Euer Wohl, Ihr Herren«, sagte er, nickte den schweigenden Junkern zu und leerte gemütlich seinen Becher.

Eine halbe Stunde verstrich. Die Junker waren lautlos hinausgeschlichen. Wolfram stand am Fenster und sah in das blühende Rheintal hinunter.

Endlich trat Rutger wieder ein. Er ging gerade auf den Mönch los und sagte mit fester Stimme: »Bruder Wolfram, Ihr habt das Spiel gewonnen, und was noch fehlte, das hat mein Weib mit verständiger Rede getan. Nicht bloß beschämt habt Ihr mich, sondern auch mein Herz gerührt. Oft genug habe ich mein Wort schlecht genug gehalten; aber von heute ab soll es wieder zu Ehren kommen. Und was ich tue, dass tue ich auch ganz. Auf dem Fleck reite ich mit Euch nach Heisterbach; dass Rind nehmen wir mit, und wegen des übrigen, das ich im Kloster getan, biete ich mich dem Abt zu Schadenersatz und Buße. Nur um eins bitte ich: Wir reiten quer hinüber durch den Wald, damit die Spießbürger zu Königswinter mich nicht etwa in Zukunft einen Ochsentreiber schelten. Ist's Euch recht, so schlagt ein.«

Kräftig schlug Wolfram in die dargebotene Rechte und sagte vergnügt: »So gefallt Ihr mir, Herr Rutger. Aber wenn wir zum Kloster kommen, reitet Ihr vor und lasst mich den Ochsen hinterhertreiben. Es ist nicht nötig, dass Walter auf Euch ein Spottlied dichtet. Und was wir hier miteinander gesprochen, das bleibt, so viel wie möglich, hübsch unter uns. Dem Abt freilich müssen wir es berichten, und dann möchte ich's mit Eurer Erlaubnis auch dem Pater Cäsarius melden, der kann's später einmal in sein Buch schreiben.«

Kurz darauf ritten die beiden einträchtig am Hirschberg vorbei an das Tal hinunter, durch welches die Straße nach Ittenbach führt, und jenseits des Baches den steilen Hang zur Bergwiese empor. Bruder Wolfram erzählte wieder Stücklein, bis die ernste Miene seines Begleiters sich aufhellte. Auch der Esel war in versöhnlicher Stimmung. Auf der Wolkenburg hatte man ihn gut gepflegt, und zudem hatte er in dem Ochsen, der mit einem Strick an seinem

Sattel festgebunden war, einen alten Bekannten gefunden. So verlief die Reise ohne Unfall und in schönster Harmonie.

Schräg blickte die Abendsonne durch den Hochwald, als der kleine Zug die Mauer des Klostergartens erreichte. Hier begegnete ihnen Hartlieb, der Knecht, der sie erstaunt betrachtete und nicht übel Lust zeigte, vor Rutger die Flucht zu ergreifen. Wolfram aber raunte ihm einige Worte ins Ohr und übergab ihm seine vierbeinige Beute.

Im Klosterhof herrschte reges Leben. Ein Dutzend Rosse war an die Bäume gebunden, und an langer Tafel saßen reisige Knechte hinter dem Weinkrug, neugierig Rutger und den Mönch musternd. Noch ehe diese eine Frage stellen konnten, trat aus der Klosterpforte eine hohe Gestalt, in priesterlicher Kleidung, Abt Gevard an seine Seite.

»Der Erzbischof«, murmelte Rutger erbleichend, sprang aus dem Sattel und beugte vor dem finster dreinblickenden Fürsten das Knie.

»Sieh da«, begann Engelbert, »Herr Rutger von Wolkenburg! Wenn man den Wolf nennt, kommt er gerennt. Soeben war von Euch die Rede, und schöne Dinge muss ich hören. Morgen früh wäre ich zur Wolkenburg geritten, um Euch heimzusuchen und Eure Ställe zu besehen; es sollen Tiere drin stehen, die nicht hinein gehören. Was habt Ihr zu Eurer Verantwortung zu sagen, ehrloser Mann? Soll ich Euch Hochzeit halten lassen mit des Seilers Tochter, wie es schon manchem friedbrecherischen Schelm Euresgleichen geschehen ist?«

Schweigend blieb Rutger knien, mit tief gesenktem Haupt. Statt seiner ergriff Bruder Wolfram das Wort: »Wollt Ihr einem armen Mönch die Rede gestatten, Herr Erzbischof? Dann bitte ich Euch, bestellt das Aufgebot ab, von dem Ihr eben spracht. Der da vor Euch kniet, ist nicht mehr der Ritter Rutger, der gestern unser Vieh raubte, sondern ein anderer Mann, und ich bin sein Bürge.«

Und nun begann Wolfram zu berichten, was auf der Wolkenburg geschehen war. Engelbert hörte ihm aufmerksam zu; immer heller wurden die strengen Züge, jetzt zuckte es um seinen Mund, und endlich konnte er nicht mehr an sich halten: Er hielt sich die Seiten und lachte laut hinaus. Auch Abt Gevard stimmte ein und sagte bittend: »Macht's gelinde, Herr Erzbischof! Sein Vater war ein wackerer Degen, und ich vertraue, auch der Sohn wird Euch noch Freude machen.«

»Nun, wenn auch Ihr Euch verbürgt, soll Gnade für Recht ergehen. Steht auf, Rutger von Wolkenburg, und höret meinen Spruch. Für alles, was Ihr an der Abtei verbrochen habt, sollt Ihr bessern nach des Abtes Begehr. Die Strafe sei Euch erlassen, nur die Vogtei nehme ich aus Eurer Hand; ich selbst werde hinfür des Klosters Recht und Frieden schirmen, und wehe dem, der ihn bricht. Wenn Euch der Teufel wieder versucht, dann gedenket dieser Stunde; der Tod hat Euch nahe genug gestanden, und dass Ihr so glimpflich davonkommt, möget Ihr diesem guten Mönch danken, der mit Gottes Hilfe das Böse zum Guten gewendet.«

Mit tiefem Ernst hatte Engelbert die letzten Worte gesprochen. Jetzt flog es wieder wie Sonnenschein über das schöne Antlitz: »Ihr, Bruder Wolfram, habt Euch schwer gegen die Klosterregel verfehlt mit dem Fleischessen; aber ich denke, der Abt legt ein gutes Wort für Euch ein. Eine Buße freilich kann ich Euch nicht ersparen: Gleich geht Ihr mit mir zur Abendtafel und esst statt der Hammelskeule Forellen. Und Ihr Herr Rutger, sollt neben Eurem neuen Freunde sitzen.«

Es war dunkel geworden, als der Wolkenburger von der Tafel aufstand, um Abschied zu nehmen. »Herr Abt«, sprach er, »nochmals bitte ich Euch, lasst alles vergeben und vergessen sein. Euch, Bruder Wolfram, mag der reiche Gott im Himmel lohnen, was Ihr an mir getan habt. Ihr aber, Herr Erzbischof – wenn Ihr einmal einen tapferen Mann nötig habt zum Dreinschlagen, dann lasst den Wolkenburger rufen.«

Mit drei Schritten war er zur Tür hinaus; denn es wurde ihm feucht um die Augen, und das mochte er nicht gern sehen lassen. Draußen stand sein Hengst. Ohne den Bügel zu berühren schwang er sich in den Sattel und sprengte hinaus in die mondhelle Nacht.

So, das wäre meine Geschichte, und um den Kollegen von der Feder die Mühe zu sparen, will ich die Rezension gleich dahinter setzen. Dass dieselbe schlecht ausfallen muss, versteht sich von selbst. Die Idee hat der Verfasser aus dem alten Cäsarius – allerdings eingestandenermaßen – gestohlen, einen Teil der Einkleidung desgleichen, und wenn auch der auf seinem eigenen Felde gewachsene Rest erträglicher wäre, als er wirklich ist, so bleibt doch diese mittelalterische Gesellschaft in Harnisch und Kutte als Lektüre für Kinder des 19. Jahrhunderts der reine Anachronismus. Zu meiner Entschuldigung kann ich nur geltend machen, dass der Schuldige in letzter Instanz ein anderer ist, und zwar Herr Domkapitular Haffner in Mainz. Auf der Katholikenversammlung zu Amberg hat er gegen die »gemeinschädliche Romanleserei« und ihre Beförderung durch »unsere literarischen Fabrikarbeiten« geeifert, und ganz besonders ist er den Zeitungsfeuilletons an den Kragen gegangen, was ich ihm auch im Großen und Ganzen nicht übel nehme. Zehn Prozent dieser Romane und Novellen, hat er gemeint, seien humoristische und daher weniger gefährlichen Inhalts; zwanzig Prozent seien Kriminalnovellen, die von nicht angestellten, hungrigen Rechtspraktikanten verfasst würden, und siebzig Prozent seien Liebesgeschichten, verfasst von stellenlosen Gouvernanten. Das war eine Herausforderung, und entschlossen nahm ich den Handschuh auf. Ich bin weder ein hungriger Rechtspraktikant noch eine stellenlose Gouvernante, für einen Humoristen hat mich noch kein Mensch gehalten, – und zum Beweis habe ich mein Feuilleton geschrieben, das sich in keiner der drei Kategorien des Mainzer Professors unterbringen lässt. Die ganze Verantwortung trägt Herr Haffner; ihm, dem geistlichen Ritter des Geistes, sei darum, auch diese Mönchs- und Rittergeschichte freundlich gewidmet.